뽀이들이 온다

뽕이들이 온다

윤혜숙
장편소설

사□□계절

첫 책이 나온다는 소식을 듣자, 주위 사람들의 반응은 이러했다.

"무슨 이야기인데?"
"전기수."
"전기수? 사람 이름이야?"
"아니, 책 읽어 주는 사람이야."
잠시 침묵이 이어지다가 이내 다시 물어본다.
"정말 이야기로 밥 먹고 살 수 있겠어?"
현실적인 걱정과 연민을 표하거나,
"그러니까 동화구연가나 변사 같은 거구나."
대충 넘겨짚기도 하다가,

"방정환 선생님도 한때는 전기수 일을 하셨다던데."

이쯤 돼서야 사람들은 "정말이야?" 하고 궁금한 기색을 표한다.

넘치는 관심은 아니어도 전기수에 대해 궁금해하는구나, 안도감이 드는 것도 이때쯤이다.

이 책은 작은 의문에서부터 시작되었다.

책을 읽고 싶지만 글을 쓰고 읽을 줄 모르거나, 비싼 책값 때문에 책을 사는 건 엄두도 낼 수 없었던 시대에 사람들은 어떻게 이야기를 만났을까? 우리글은 물론 우리말까지 쓰지 못하게 했던 일제 강점기에 이야기의 소중함을 알고 지키려 했던 사람이 있지 않았을까? 누군가는 자신이 알고 있는 이야기를 책으로 쓰고 싶어 하지 않았을까?

말이 생긴 이래 이야기는 삶을 견디는 따뜻한 위로로, 따끔한 가르침으로, 포복절도의 재미로 사람들과 함께해 왔다.

이야기의 힘에 대한 확신이 점점 커지고 있을 무렵, 수한과 장생, 동진이가 내게로 왔다. 전기수와 변사, 방정환, 모던 보이와 모던 걸, 극장과 무성영화, 김상옥 의사와 종로 경찰서, 그리고 조선어학회와 서대문 형무소……. 사건과 무대가 갖춰지자 아이들은 이야기를 만들어 가기 시작했다. 내가 한 일이라고는 아이들의 꽁무니를 쫓아 광통교에서 남대문시장, 종로 극장가를 따라다니는 게 전부였다.

어른들은 요즘 청소년들이 꿈도, 야망도 없다고 걱정이다. 나는 그런 걱정을 믿지 않는다. 자기 인생에 대해 본인만큼 심각하게 고민할 사람도, 아무도 자기를 대신해 살아 줄 수 없다는 것을 청소년들 역시 잘 알고 있을 것이기 때문이다.

그래서 우리 아이들이 어떤 삶을 살 것인지 알아 가는 과정만은 치열하게 치렀으면 좋겠다. 미친 듯이 그림을 그리고, 미친 듯이 골목을 쏘다니고, 미친 듯이 춤을 추고, 미친 듯이 책을 읽고, 미친 듯이 고민에 빠지고……. 세상의 잣대나 어른들의 시선과 기대에서 한 발짝 벗어나 온전히 자신만의 기준과 열정으로 말이다.

청소년기는 꼭 한 번 치러야 할 홍역처럼 통과의례의 시기이지만, 앞으로 살아야 할 수많은 시간들에 비하면 너무나 짧은 시간임에 분명하다. 적어도 그 시간만은 모든 힘을 다 동원해 기꺼이 감당하겠다는 뚝심으로 견뎌내 주길 바란다.

지금은 돌아가셨지만, 세상 사는 일에 얼뜨기였던 딸에게 늘 잘하고 있다고 힘을 주셨던 아버지, 신문도 텔레비전도 보지 않는 나에게 시시콜콜 세상 이야기를 들려주시는, 나에게는 가장 든든한 전기수인 어머니 박순자 여사님, 한 자 한 자 짚어 가며 꼼꼼히 교정을 보고 더 좋은 글이 되도록 다독여 준 사계절출판사 편집부 식구들, 자칫 습작으로 끝날 뻔한 이 글에 무한한 애정을 보여 준 신여랑 작가님과 글패 문우들에 게 고마움을 전한다.

2013년 3월 봄을 기다리며

윤혜숙

‖ 차 례 ‖

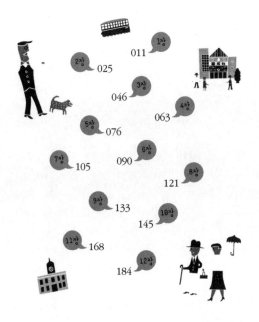

1장

청계천 변에도 어김없이 봄이 찾아왔다. 꽃 진 자리에 새 꽃들이 다투어 피어나고, 바람의 속살에는 훈기가 돌았다. 수한은 빠른 걸음으로 종로 네거리를 빠져나왔다. 어느새 저고리 속 맨살에 축축하게 땀이 찼다.

수한을 보자 꼬챙이로 땅을 파고 있던 아이가 벌떡 자리에서 일어났다.

"형, 왜 이제야 와? 얼마나 기다렸는데."

거지 아이 갑수였다. 헝클어진 더벅머리에 눈곱이 덕지덕지 묻은 꾀죄죄한 몰골은 여전했다. 갓난아이처럼 칭얼대는 갑수를 보는 수한의 얼굴에 미소가 번졌다.

"저리 비켜. 자리 깔아야 해."

둘러서 있던 아이들이 갑수의 손사래에 비척대며 뒷걸음질

쳤다. 수한은 갑수의 머리를 쓰다듬고는 마른자리를 골라 돗자리를 깔았다.

"어이, 전기수!"

사람들 틈에서 동진이 손을 치켜들었다. 수한의 눈이 동그래졌다. 돈도 안 되는데 꼬박꼬박 챙겨 나간다며 툴툴대던 동진이었다. 히죽대는 동진을 보며 수한은 이맛살을 찌푸렸다.

"오늘은 흥부전 중에 가장 신 나는 대목으로 시작하겠습니다."

수한이 부채를 들어 무릎 위에 내리쳤다. 사람들이 돗자리 주위로 서서히 모여들었다.

"여보, 애기 아버지, 작년에 왔던 제비가 입에 무엇을 물고 와서 저토록 넘놀고 있으니 어서 나와 구경하오."

수한은 누구를 불러내기라도 하듯 한쪽 팔을 앞으로 쭉 내밀었다.

"흥부 서둘러 나와 보고 이상히 여겨 고개를 갸웃하며 제비 한 번 보고 땅바닥 한 번 보고 하네그려."

"제비가 박씨 물고 온 거지?"

갑수가 냉큼 아는 척을 했다. 옆에 붙어 앉은 아이가 갑수의 입을 틀어막는 시늉을 했다.

"그 제비 날아들며 입에 물었던 것을 앞에다 떨어뜨리는지라, 흥부 얼른 주워 보니 한가운데에 '보은표'라 쓰인 박씨더라."

"거봐, 박씨 맞잖아."

갑수가 입을 비죽댔다.

수한의 이야기는 박씨가 쑥쑥 자라 팔월 보름에 이른 대목에 다다랐다.

"큰 것은 항아리와 같고 작은 것은 동이만 하네그려. 여보, 애기 어머니, 이거 한 통 타서 속은 지져 먹고 바가지는 쌀 팔아 밥을 지어 먹읍시다."

박 타는 대목이 되자 수한이 갑자기 말을 뚝 끊었다. 곧이어 사람들이 잔뜩 기대에 차서 목을 길게 뺐다. 전기수들이 요전법을 쓰는 것도 바로 이 대목이었다.

전기수들은 책을 읽다가 심장을 도려내는 애절한 대목이나 숨이 멎을 만큼 아슬아슬한 대목에서 읽기를 딱 멈췄다. 그러면 둘러서 있던 사람들은 다음 이야기를 듣기 위해 주머니를 열었다. 그렇게 전기수들이 읽는 수고에 대한 값을 받아 내는 게 요전법이다.

수한의 입꼬리가 슬쩍 말려 올라갔다. 수한은 헛기침을 한 번 하고는 사람들을 둘러보았다.

"어서 시작하게나. 내 오늘은 한 푼도 낼 수 없지만, 그 대목은 언제 들어도 기분이 좋단 말이지."

"그건 어르신 말씀이 맞소."

"벌써 침이 꼴딱꼴딱 넘어갈 판이네."

둘러서 있던 남정네 몇이 맞장구를 쳤다.

"그 대목은 내가 한번 해 보겠소."

사람들이 일제히 소리 나는 쪽을 쳐다보았다. 동진이었다. 남이 시작한 이야기판에는 절대 끼어들지 않는 게 이 바닥의 불문율이라는 걸 동진이 모를 리 없었다. 몇 달 만에 얼굴을 내비치더니 이제는 남의 이야기판을 가로채겠다니. 수한은 갑작스러운 동진의 행동이 마뜩잖았다. 수한이 저도 모르게 주먹을 단단히 그러쥐었다.

'청중 앞에서 절대 낯빛을 흐려서는 안 된다.'

도출의 말이 퍼뜩 떠올랐다. 수한은 꽉 쥔 주먹을 풀며 불뚝대는 화를 지그시 눌렀다.

"다들 아실지 모르겠지만, 소설에서는 어르신이 듣고 싶은 대목이 단 몇 줄로 끝나 버립니다. 이 대목만은 확실히 판소리 쪽이 훨씬 실감 나지요. 안 그런가요?"

동진의 말에 몇 사람이 고개를 주억거렸다.

"그거야 저 아이 말이 맞네."

"저 아이도 전기수인가?"

"큰소리치는 걸 보니, 그런 것도 같고."

"아무리 그래도 저건 경우가 아니지."

사람들이 수군댔다.

"내가 할 수 있게 해 줘. 뭐 그렇게 어려운 일도 아니잖아?"

동진이 수한의 귀에 대고 빠르게 속살댔다. 동진의 눈빛이 무엇에 쫓기듯 꽤나 다급해 보였다.

'무슨 꿍꿍이속이지?'

동진이 한쪽 눈을 찡긋했다. 사정 좀 봐달라는 것 같았다.

"이 동무는 뛰어난 전기수입니다. 여러분은 오늘 아주 재미나고 색다른 흥부전을 들을 수 있을 겁니다."

수한은 사람들을 향해 환한 웃음을 지어 보였다. 수한은 동진을 앞으로 밀어 넣고 한발 물러섰다. 동진은 자리에 앉기 무섭게 빠르게 말을 이어 나갔다.

"흥부 내외가 사다리를 놓고 지붕에 올라가 보니 달덩이같이 커다란 박 세 통이 달려 있네. 박을 타려니 톱이 있나, 일꾼이 있나, 이거 눈앞에 박을 두고도 침만 삼켜야 하는 처지일세. 흥부가 냉큼 이웃에 가 이 빠진 톱 하나를 빌려 오네그려. 자, 그럼 슬슬 박을 타 볼까나."

동진은 입을 가린 채 헛기침을 했다.

"슬근슬근 톱질이야. 어기여라 당겨 주소."

동진이 박을 타듯 어깨를 앞뒤로 흔들었다.

"그 박 타거들랑 다른 것은 그만두고……."

갑자기 동진이 딱 말을 멈췄다. 수한은 동진에게 어서 하라는 눈짓을 보냈다. 동진은 입술만 실룩댈 뿐 아무 말도 하지 않았다. 사람들이 어리둥절한 얼굴로 주위를 두리번거렸다. 동진의 얼굴에 야릇한 웃음이 번졌다. 동진은 다음 대목을 읽는 대신 사람들의 반응을 기다렸다. 사람들 사이로 어색한 침묵이 흘렀다.

"난 딴것 말고 거기서 극장표나 쏟아졌으면 좋겠네."

젊은 사내가 앞주머니에서 지전 하나를 꺼내 돗자리 위로 던졌다. 동진은 사내에게 가볍게 고개를 숙였다.

"슬근슬근 톱질이야. 어기여라 당겨 주소."

동진은 사내를 똑바로 쳐다보며 앞 대목을 다시 읊기 시작했다.

"슬근슬근, 슬근슬근, 어이쿠……! 드디어 박이 탁 벌어지더니, 애고고 이것이 무엇이더냐? 박 속에서 우미관 극장표가 와르르 쏟아지는구나."

동진은 사내에게 극장표를 뭉치째 던지는 시늉을 했다. 젊은 사내의 입이 헤벌쭉 벌어졌다. 수한은 그런 동진이 못마땅했다. 아무리 요전법으로 돈을 버는 전기수라지만 동진은 아주 대 놓고 돈을 내면 입맛에 맞춰 이야기를 꾸며 주겠다는 수작이었다.

"극장표가 배곯는 설움을 해결해 주진 않지. 젊은것들이란, 쯧쯧. 난 그 속에서 금광 문서나 뚝딱 나왔음 좋겠네. 금 팔아서 이밥이나 실컷 먹어 보게."

칠패시장에서 등짐 지는 김씨 아저씨였다. 아저씨는 바지춤을 뒤적거리더니 꼬깃꼬깃한 십 전짜리를 꺼내 흔들었다. 십전이면 아저씨가 반나절을 땀나게 뛰어다녀야 만질 수 있는 돈이었다. 동진이 앞 대목을 되풀이해서 읊었다.

"슬근슬근 톱질이야. 어기여라 당겨 주소. 두 번째 박이 탁 벌어지더니 궤짝 하나가 들었구나. 흥부가 궤짝을 열어 보니, 종이 뭉치가 잔뜩 들어 있네그려. 흥부 어리둥절하여 애고애고, 만고에 쓸모없는 종이쪽지라니…… 하며 투덜거리는데, 그때 박 속에서 와이샤쓰와 구두를 말끔하게 차려입은 선생 하나가 툭 튀어나오며 이러네. 이건 예사 종이 뭉치가 아니오. 바로…….”

동진은 종이쪽지를 펴 들고 읽는 척 눙쳤다. 잠시 뜸을 들인 뒤 동진이 김씨 아저씨를 빤히 쳐다보며 의기양양해서 소리쳤다.

“금광 문서요. 어쩔 거나 어쩔 거나, 이제 김씨 아재는 조선 제일의 부자가 된 거요.”

김씨 아저씨의 눈이 동전만 해지더니 벌어진 입을 다물지 못했다.

“아, 말만 들어도 좋소. 여러분도 다들 들으셨소?”

사람들이 술렁대기 시작했다. 사내 몇은 주머니를 뒤지고 아낙네 몇은 고쟁이 안 속주머니를 뒤집어 보이며 한숨을 내쉬었다. 동진이 수한을 돌아보며 씩 웃었다.

‘어때? 이게 바로 신시대의 요전법이라는 거다.’

비꼬는 듯한 동진의 말이 귀에 들리는 것 같았다.

한낮이 되면서 물기 많은 바람이 거리를 누볐다. 나지막한 단층 건물들 사이로 멀리 종로 경찰서의 원형 시계탑이 눈에 들어왔다. 장안에서 가장 크고 높은 건물이 하필이면 경찰서 라니. 수한은 시계탑을 보며 눈살을 찌푸렸다. 수한은 가끔 경 찰서 건물에 깔리는 꿈을 꾸곤 했다. 그때마다 가물가물하던 정신 속에서도 똑딱거리는 시계 소리가 또렷이 들렸다.

"이제 가는 거야?"

누가 수한의 어깨를 우악스럽게 잡아챘다. 동진이었다.

"어, 웬일이야? 집에 들어간다더니."

수한이 볼멘소리를 했다. 무슨 일이 있었냐는 듯 벙싯거리 는 동진을 보니 체한 것처럼 속이 거북했다. 동진이 수한 옆 으로 바싹 다가섰다. 전에 없이 다정한 품새였다.

"너 아까는 왜 그랬어?"

"뭘?"

동진이 시치미를 떼며 딴청을 부렸다. 수한이 도끼눈을 하 고 쏘아보자 동진이 능글맞게 웃었다.

"아하! 그분이 오셨더라고."

"그분?"

"최한기 어른. 너도 알지?"

동진은 씽긋 웃고는 다짜고짜 수한의 책 보따리를 뺏어 들 었다. 갑작스러운 동진의 우격다짐에 수한은 기가 찼다. 수한 이 책 보따리를 뺏으려고 안간힘을 썼지만 동진의 완력을 당 해 낼 수 없었다.

"그 어른한테 내 솜씨를 보여 주고 싶었어. 벌써 여러 번 뵈러 갔었는데, 통 만날 수 없었거든."

동진의 얼굴이 발갛게 달아올랐다. 장생도 동진이 극장 앞을 어슬렁대는 모습을 몇 번 본 적이 있다고 했다. 동진은 보란 듯이 책 보따리를 옆구리에 꿰찼다.

"오늘 교동 가는 날 아니었어?"

수한은 지나가는 말로 물었다.

"아침에 종년 하나가 뛰어왔더라고. 마님들이 다른 회합 때문에 다음 날에 보잔다고 말이야."

"무슨 회합인지는 말 안 해?"

"말은 안 했지만 대충 눈치로 알겠더라고. 이 일도 집어치우든지 해야지, 원."

동진이 못마땅한 얼굴로 돌멩이를 걷어찼다. 요즘 동진은 집어치운다는 말을 입에 달고 살았다. 수한은 들은 척도 않고 부러 손가락으로 귓구멍을 후벼 팠다.

"진작부터 마님들 눈치가 영 달라졌거든. 종년한테 슬쩍 떠보니, 아니나 다를까 노마님이 우미관 사장과 꽤 친분이 있다 그러더라. 며칠 전 새 영화가 들어왔으니 오늘은 아마 다들 거기로 몰려갔을 테지, 뭐."

"그래? 단골 마님들까지 죄다 극장으로 몰려가는 판이니……."

수한은 씁쓰레한 표정으로 중얼거렸다.

"오늘 거기 한번 가 보자."

19

동진이 벙싯대며 말했다.

"거기? 어디?"

매끈한 몸에 착 달라붙은 조끼가 동진에게 더없이 잘 어울렸다. 수한은 꾸깃꾸깃한 주름을 펴기라도 하듯 저고리 앞섶을 자꾸만 쓸어내렸다.

"넌 그냥 나만 따라오면 돼. 오늘 이 형님이 너한테 한 수 가르쳐 주려고 하니까."

수한은 우악스러운 손에 끌려 종로 네거리를 되짚어 걸어갔다.

어느새 신작로 위로 땅거미가 내려앉고 있었다.

피맛골의 시끌시끌한 국밥집 앞을 지날 때는 진한 고깃국 냄새에 아랫배가 요동을 쳤다.

"오늘은 이 형님이 밥이든 영화든 다 책임질 테니 기대하라고."

코를 벌름대며 동진이 흰소리를 했다.

"뭐? 영화?"

수한은 펄펄 끓는 가마솥에 손이 닿기라도 한 것처럼 펄쩍 뛰었다.

"발끈하기는! 네가 그래서 하수라는 거야. 어제오늘 다르고 아침저녁 다르고 눈알 팽팽 돌게 세상이 바뀌는데, 심청전이니 홍길동전 같은 이야기를 누가 듣고 싶어 하겠냐? 요즘은 뭐니 뭐니 해도 무성영화가 제일이지."

뭐라 대꾸할 틈도 주지 않고 동진은 빠르게 말했다.

"넌 변사 할 생각 한 번도 안 해 봤어?"

수한은 동진의 뜬금없는 말에 어이가 없었다.

수한을 흘끔대며 동진은 호주머니에서 꼬깃꼬깃한 종이쪽지를 꺼냈다. 무성영화 광고가 실린 신문 조각이었다. 동진이 한 곳을 손끝으로 가리켰다.

'변사 최한기. 눈물과 감동의 무성영화. 개봉 박두!'

무성영화. 근래 들어 귀에 딱지가 앉도록 듣는 말이었다.

두 길 넘는 커다란 옥양목 천 위로 말 탄 사람들이 달리고, 멱살잡이도 모자라 총질까지 해 대고, 쇳덩이 철마가 숲을 뚫고 달린다는 활동사진 얘기는 경성 사람이라면 누구에게나 귀가 솔깃한 이야깃거리였다.

"이 어른을 보면 사람은 역시 때를 잘 만나야 한다는 말이 실감 난다니까. 여태껏 전기수 일을 하고 있었으면 어찌 됐겠어? 근근이 입에 풀칠이나 하면서 스승님처럼 늙어 가고 있겠지."

동진은 다시 신문 조각을 접어 주머니에 넣었다. 동진의 손놀림은 전에 없이 조심스러웠다.

"두고 보라고. 책보다 영화가 대세인 세상이 될 테니까. 전기수는 지는 해고, 변사는 뜨는 해야."

동진의 목소리에 잔뜩 힘이 들어갔다.

"네 생각이 그렇더라도 스승님 앞에서는 내색하지 마라."

수한은 도출이 알면 무척 서운해할 거라는 말을 입안으로 삼켰다.

"아니. 스승님한테도 말씀드릴 거야. 너도 생각 있으면 나랑 같이 한기 어른 한번 찾아가 보자."

동진이 다시 떠보듯 말했다. 수한은 잡힌 팔을 거칠게 빼냈다.

"무성영화가 판치는 세상이니 변사 하면 돈도 많이 벌겠지. 하지만 난 돈 때문에 전기수 하는 게 아냐."

수한은 공연히 소리를 높였다.

"네 말 진짜 가소로워. 너야말로 누구보다 더 돈이 필요할 걸? 몇 달째 돈 한 푼 집에 못 보낸 거 다 알고 있다고."

동진의 말에 수한의 얼굴이 차갑게 굳었다. 아닌 게 아니라 수한은 석 달째 집에 돈을 보내지 못했다. 어머니 약값에 보태라며 돈을 쥐여 주던 도출도 요즘 들어 별다른 눈치를 내비치지 않았다. 전기수 일에서 손을 떼다시피 한 도출의 주머니 사정은 뻔했다. 더구나 슬금슬금 손님까지 줄어드는 판이니 그나마 푼돈 들어올 구멍조차 꽉 막힌 셈이었다.

"너도 돈 벌려고 전기수가 된 거잖아? 괜한 허세 부리지 말라고."

"물론 돈이 필요하지만 돈 때문에 억지 변사가 되고 싶지는 않아."

수한은 동진을 힘껏 밀어냈다. 몸이 휘청대는데도 동진의

22

얼굴에서는 여전히 웃음이 떠나지 않았다.

"네가 좋아하는 임경업전에도 적을 알아야 살 수 있고, 피한다고 적이 없어지는 게 아니라고 쓰여 있잖아. 안 그래?"

동진은 콧방귀를 뀌었다. 저렇게 답답하게 굴 때면 수한은 영락없이 도출이었다.

"새로 들어온 영화가 있다니까 보자고. 생각은 나중에 해도 되잖아."

동진이 불뚝대는 수한의 팔을 다시 그러잡았다.

수한은 못 이기는 척 동진의 뒤를 묵묵히 따랐다. 동진의 말에 마음이 동해서가 아니라, 순전히 제 밥그릇을 위협하는 그 요상한 무성영화의 정체를 알고 싶어서라며 수한은 스스로를 다독였다.

희끄무레한 저녁 빛에 둘러싸인 우미관은 거대한 성 같았다. 극장 앞은 벌써 사람들로 북적대고 있었다. 삼삼오오 둘러선 사람들은 하나같이 나들이라도 나온 듯 말끔한 차림새였다. 매끈한 양복에 맞춰 쓴 맥고모자, 팔에 긴 지팡이를 건 모던 보이, 양장 치마에 뾰족구두를 신은 신여성들과 경성 제대 교모를 눌러쓴 대학생들도 이따금 눈에 띄었다. 수한은 장날처럼 시끌벅적한 사람들을 신기한 듯 바라보았다. 이 많은 사람을 불러들인 무성영화의 정체가 더욱 궁금해졌다.

극장 한 모퉁이에는 매표소 간판이 보였다. 요금표라는 나

무 푯말에는 1등석 50전, 2등석 40전, 3등석 30전이라고 쓰여
있었다.

"극장표 끊어 올 테니 여기 꼼짝 말고…… 아, 잠깐만. 한기
어른이다!"

동진이 사람들을 밀치듯 하며 매표소 쪽으로 빠져나갔다.
맥고모자를 깊게 눌러쓴 사내가 극장 문을 향해 잰걸음으로
걷고 있었다. 수한은 허둥대는 동진의 뒷모습을 보며 쓴웃음
을 지었다.

2장

　대문을 들어서던 수한은 마당에 서 있는 순사 하나와 눈이 마주쳤다. 시내에서나 보던 순사를 집에서 맞닥뜨리다니, 난데없는 일이었다. 수한을 보자 장생이 다급하게 뛰어나왔다.

　"무슨 일인데?"

　수한이 눈짓으로 순사들을 가리키며 물었다.

　"몰라. 조금 전에 진우 형님이 스승님을 찾아왔는데, 그러고 나서 바로 순사들이 들이닥쳤어."

　장생은 수한을 붙잡고 울먹이는 목소리로 말했다. 잔뜩 겁먹은 얼굴이었다.

　"진우 형님?"

　"응. 동진이 이복형 말이야. 아무래도 무슨 일이 있나 봐."

　장생이 도출의 방 쪽을 보며 걱정스럽게 말했다. 수한은 장생의 팔을 걷어 내고 마루 쪽으로 몸을 틀었다. 그러자 장생은 수한을 세게 잡아끌며 고개를 절레절레 흔들었다.

"서장님이 뭔가 오해를 하신 모양입니다그려."

방문 틈새로 도출의 목소리가 들렸다.

"이 사람은 동생이 잘 지내는지 궁금해서 찾아온 거요."

"그걸 어떻게 믿소? 우리가 총독부에서 연락받은 것은, 이진우 이자가 조선어연구회인가 뭔가 하는 데를 들락거리는 요주의 인물이라는 거요."

경찰서장은 앞뒤 없이 불뚝댔다.

"조선어연구회, 거기가 뭐 하는 데요?"

"그것까지 당신한테 말할 필요는 없는 것 같고. 일단 이자를 조사해 보면 모든 게 드러날 거 아니오?"

호통 소리와 함께 방문이 벌컥 열렸다. 숨소리를 죽이며 듣고 있던 수한의 가슴이 덜컥 내려앉았다. 경찰서장이 마당에 있는 순사들을 보며 소리쳤다.

"거기, 이리 와 봐!"

뻣뻣하게 서 있던 순사 둘이 잽싸게 달려갔다.

"저러다 뭔 일 나는 것 아니지?"

장생은 조마조마한 눈빛으로 발을 동동 굴렀다. 수한도 숨이 거칠어졌다.

그때 대문이 요란한 소리를 내며 열렸다.

"야, 너 여기 있으면 어떡해?"

동진이 금방이라도 내려칠 것처럼 주먹을 을러댔다.

"지금 무슨 일이 벌어진 줄 알아? 너네 형이 저 방 안에 있단 말이야."

장생의 말에 동진의 얼굴에서 핏기가 싹 가셨다.

"동진이 밖에 있느냐?"

도출의 부름에 동진의 몸이 움찔했다. 이럴 때면 도출은 앉아서도 천 리 밖을 내다보는 듯했다.

"스승님이 찾으시잖아."

동진은 얼어붙은 것처럼 꿈쩍도 하지 않았다. 보다 못한 장생이 동진의 팔을 잡아끌었다. 동진은 장생을 세차게 밀치고 대문 밖으로 뛰쳐나갔다. 마침 방에서 나오던 도출과 진우, 서장, 문 앞에 있던 순사의 눈이 휘둥그레졌다. 순사 둘이 따라붙으려 하자 서장이 눈을 부라렸다. 서장의 서슬에 순사들이 바짝 얼었다.

"이진우, 대일본 제국의 눈이 항상 너를 지켜보고 있다는 것을 잊지 마라."

서장이 눈을 희번덕거리며 험악하게 말했다. 작달막한 몸집에 뱃살이 불룩 튀어나와 보기만 해도 숨이 턱 막혔다. 말할 때마다 뱃살이 꽉 조여 맨 허리띠 위에서 출렁댔다.

서장과 순사들이 저벅저벅 발소리를 내며 대문을 빠져나갔다. 수한은 그제야 안도의 한숨을 내쉬었다.

동진을 기다리던 진우는 밤이 이슥해서야 돌아갔다. 수한 역시 눈은 책에 가 있지만 온 신경이 대문 쪽으로 쏠려 있었다. 구석에 웅크린 채 잠이 들었는지 장생이 낮게 코를 골았다. 수한은 잠이 들면 번개가 치든 벼락이 떨어지든 아랑곳없는 장생이 부러웠다.

동진이 집에 들어온 것은 열 시가 훨씬 넘은 시각이었다.

"형님이 잡혀갈지도 모르는데, 어떻게 그럴 수 있어?"

수한은 멀쩡한 동진을 보자 속이 부글부글 끓었다.

"네가 무슨 의열단 단원이라도 되냐? 왜 남의 일에 나서고 난리야."

동진이 눈을 부라리며 되레 목소리를 높였다.

"그게 왜 남의 일이야? 너네 형 일이잖아?"

수한도 지지 않았다.

"그럼 내가 저 사람은 우리 형이오, 그러니 차라리 나를 잡아가시오, 이렇게 나서야 했다는 거야?"

동진의 격앙된 목소리가 방 안에 우렁우렁 울렸다.

"내 말은, 형 일인데 어떻게 나 몰라라 하느냔 말이지."

수한의 목소리가 제풀에 잦아들었다.

"우린 형 아우 하는 사이도 아니고, 김 대감댁 식구들과는 어떤 식으로든 얽히고 싶지 않아."

동진의 말에 수한은 가슴 한구석이 서늘해졌다. 진우를 김 대감댁 식구로만 여기는 동진에게 형 어쩌고 했으니 고깝게

28

여길 만했다.

"이제 들어온 거야?"

잠꼬대인지 장생이 몸을 뒤척이며 중얼거렸다. 동진은 수한을 밀쳐 내며 바닥에 드러누웠다. 동진은 수한을 본척만척 모로 몸을 세우고 책을 뒤적였다. 컴컴한 방에서 뭐가 보인다고……. 수한의 입에서 피식 웃음이 새어 나왔다.

"극장에서는 왜 그냥 갔어?"

동진의 목소리가 많이 누그러진 듯했다.

"한기 어른은 만났고?"

수한은 짐짓 퉁명스럽게 물었다. 동진은 시무룩한 얼굴로 책장을 들췄다 놨다 했다. 하는 꼴이 한기를 못 만난 눈치였다. 수한은 동진이 한기를 보고 뒤쫓아 가는 걸 봤다는 말은 하지 않았다.

"둘이만 재미 보지 말고 나도 좀 끼워 줘."

장생이 눈을 비비며 일어나 앉았다.

"재미는 무슨."

동진이 심드렁하게 말했다.

"극장에 간다더니 영화는 어땠어? 진짜 눈알 뒤집히게 재밌더냐?"

장생이 졸라 대듯 물었다.

"영화는 구경도 못했다, 누구 덕분에."

동진이 수한을 흘낏 보며 이죽거렸다. 장생이 둘을 번갈아

보며 눈을 씀벅였다.

"그렇게 뛰쳐나가더니 저녁은 어떻게 했어?"

동진은 대답도 않고 몸을 둥그렇게 말았다.

"여태 국밥 한 그릇도 못 먹고 싸돌아다녔단 말이야?"

장생은 한심하다는 듯 혀를 끌끌 찼다. 역시 장생은 눈치가
빨랐다.

"장생아, 눌은밥이나 누룽지 좀 없을까? 저녁나절 하도 속
을 끓여서 그런가, 배가 금방 꺼졌네."

수한이 힘없이 누워 있는 동진을 보며 앓는 소리를 했다.

"잠깐 기다려 봐. 동진아, 너도 먹을 거지?"

장생을 올려다보며 동진이 고개를 끄덕였다.

각설이 패를 쫓아다니던 장생이 도출의 집에 들어온 지 벌
써 두 해를 넘겼다. 광통교에서 도출과 수한이 책을 읽고 있
을 때 장생은 하루도 거르지 않고 그곳에 찾아왔다. 장생은
이야기에 정신이 팔려 번번이 각설이 패를 놓치곤 했다. 그런
장생이 전기수가 되겠다고 도출을 찾아왔을 때 동진은 대놓
고 반대했다. 아무리 양반 상놈 구별이 없어졌지만, 장생은 거
지 패를 따라다니는 아이라는 게 이유였다.

"저는 전기수가 꼭 될랍니다. 제가 모시던 두목님께서 그랬
어요. 옛날 어느 땐가 전기수 어른이 책을 읽어 주는데, 듣고
있던 사람이 소설에 나오는 임경업 장군이 억울하게 죽자 분

개해서 들고 있던 낫으로 전기수 어른을 죽인 일도 있었다고
요. 전기수의 얘기가 얼마나 진짜 같았으면 그랬겠어요? 저는
책에서 밥도 나오고 돈도 나온다는 말을 진짜로 믿어요."

장생은 도출의 바짓가랑이에 매달렸다. 도출도 막무가내로
떼를 쓰는 장생을 이겨 낼 수 없었다.

장생이 전기수가 될 수 있었던 것은 순전히 남다른 기억력
덕분이었다.

밤마다 장생은 수한에게 책을 읽어 달라고 졸랐다. 같은 대
목을 몇 번이고 다시 읽을 때는 수한도 짜증이 났다. 수한이
그러거나 말거나 장생은 정말 책에서 밥이 나올 것처럼 이야
기에 집중했다.

서너 달이 지나 장생이 『심청전』이고 『춘향전』이고 『숙향
전』을 줄줄 읊어 대자 도출도 입을 다물지 못했다.

"……촛농이 떨어질 때 백성의 눈물 떨어지고, 노랫소리 높
은 곳에 원망 소리 높았더라."

낭창낭창한 목소리로 『춘향전』 중 이몽룡이 변 사또의 생일
잔치에서 읊었던 시를 낭독할 때는 수한도 절로 숨이 깔딱 넘
어갈 정도였다. 각설이 패를 따라다닐 때는 각설이타령을 어
찌나 구성지게 불러 댔는지 장생에게는 늘 보리개떡 하나라
도 더 쥐어졌다더니, 그럴 만하다 싶었다.

"장생이 글을 아는 것도 아니고 책을 읽을 줄도 모르는데
왜 받아들이셨어요?"

동진이 도출에게 따져 물었을 때 수한도 도출의 속내가 적잖이 궁금했다.

"글자는 모르지만 장생은 이야기를 들을 줄 아는 마음을 가진 아이다. 글이야 차차 배우면 되는 거고."

수한은 시간이 흐르면서 차츰 도출의 말을 알 것 같았다. 장생은 밥만큼이나 이야기를 좋아하고 즐길 줄 아는 아이였다. 그런 장생은 수한에게 더없이 편하고 든든한 이야기 동무였다.

장생이 밥상을 들고 들어오는 것을 보고 수한은 얼른 호롱불의 심지를 높였다. 흐릿하던 방 안의 사물들이 서서히 제 모습을 드러냈다.

장생은 책상 위에 쌓여 있던 책을 바닥에 내려놓았다. 장생은 책을 신줏단지 모시듯 했다. 콩기름 먹인 마른 수건으로 겉장을 닦기도 하고, 침을 묻혀 책장을 넘기는 동진을 보면 기겁을 하기도 했다.

"수한아, 이거 먹고 나서 심청이가 잔치 벌이는 대목 좀 읽어 줘."

"넌 왜 맨날 거기만 읽어 달라고 그러는데?"

수한이 심통 섞인 목소리로 툴툴댔다. 오늘 같은 날은 그냥 쓰러져 자고 싶었다.

"듣기만 해도 마음이 즐겁잖아. 어미 아비 만나니 좋고, 잔칫상 받으니 배불러 좋고."

장생이 숫제 『심청전』을 수한 곁에 가져다 놓았다.

"그러지 말고 너도 글자 배우는 게 어때? 읽고 싶을 때 읽을 수 있고, 나한테 아쉬운 소리 안 해도 되고."

"나라고 그런 생각을 왜 안 했겠어? 그렇지만 난 네가 읽어 주는 게 훨씬 재밌다. 귀에 쏙쏙 들어오거든."

장생이 머리를 긁적이며 헤헤거렸다.

"동진이 너는 진짜 변사 할 거야? 그럼 전기수 일은 어쩌고?"

동진의 대답은 듣는 둥 마는 둥 하며 장생은 숭늉을 후루룩 마셨다.

"전기수 일은 집어치울 거다. 수한이도 변사 하면 진짜 잘할 텐데. 안 그러냐?"

동진이 수한을 빤히 쳐다보았다. 사람 마음을 떠보는 것처럼 동진의 말은 의뭉스러웠다.

"그래, 수한이 너도 변사 해라. 돈 엄청 많이 번다던데."

장생의 부추김에 수한은 대접의 물을 단숨에 들이켰다. 급하게 마신 물에 사레들렸는지 눈물이 찔끔 났다.

"싫으면 안 하면 되지, 뭘 울기까지 하고 그러냐?"

장생이 놀리며 수한의 옆구리를 찔렀다. 수한의 눈꼬리가 꼬부라졌다.

매일매일 햇살이 조금씩 더 밝아지고, 볕은 더 따뜻해졌다.

수한은 싸리비를 들고 마당을 쓸었다. 흙먼지가 뽀얗게 일었다 이내 가라앉았다. 날씨가 풀리면서 광통교에도 봄나들이 나오는 사람들이 부쩍 늘었다. 오늘은 무슨 이야기를 들려줄까? 언제 요전법을 쓰는 게 적당할까? 이런저런 궁리를 하다 보면 자주 비질이 끊겼다.

부엌에서는 장생이 아침밥을 짓는지 그릇 달가닥거리는 소리가 들려왔다. 수한은 도출의 방 쪽을 흘낏 보았다. 지난밤에도 수한은 도출을 기다리다가 이슥해서야 잠자리에 들었다. 아직도 기척이 없는 것을 보면 어젯밤 꽤나 늦게 들어온 모양이었다.

수한은 댓돌 위에 놓인 도출의 고무신을 들고 뒤꼍 우물로 갔다. 처음 이 집에 왔을 때부터 수한은 이 우물이 마음에 들었다. 장마가 져도, 홍수가 나도, 늘 깊이가 변함없는 우물이었다. 땅속 어디엔가 커다란 물웅덩이를 마련해 두고 가물 때는 물을 채우고, 홍수 때는 물을 담아 두는 것 같았다. 이야기 보따리를 가슴에 품고 있는 도출을 보는 듯도 했다.

수한은 두레박을 우물 한가운데로 던졌다. 첨벙. 물 위로 두레박이 떨어지는 소리는 언제 들어도 경쾌했다. 수한은 짚수세미로 고무신을 말끔하게 씻었다. 수한의 얼굴에 슬며시 미소가 번졌다. 언젠가 장생이 했던 말이 떠올라서였다.

"선생님도 구두 신고, 조끼 입고, 그러시면 안 되겠습니까?

34

옛날이야기를 신식 사람이 해 주면 사람들의 눈을 확 끌 텐데요."

어느 날 아침, 도출의 옷차림을 보고 장생이 불쑥 한마디 했다.

"개 발에 주석 편자다, 이놈아! 이야기마다 제격인 품이 있듯이 사람도 그런 게야."

"아, 옷차림에 그런 깊은 뜻이 있는 줄 몰랐어요. 역시 사람은 오래 살아야 한다니까요."

장생이 제 말실수를 알아채고 입을 비트는 시늉을 했다.

"오래 살아야가 아니고 배워야 한다고 하는 거야."

옆에 있던 동진이 통을 주자 장생은 뒤통수를 긁적였다. 수한은 하고 싶은 말은 잠시도 담아 두지 못하는 장생이 가끔 부럽기도 했다.

"꼴에 양반이라고 꽤나 젠체하네."

장생이 부엌에서 구두를 들고 나오며 투덜거렸다. 밤새 부뚜막에다 뜨뜻하게 덥혀 놓은 동진의 구두였다.

"동무한테 해 주는 일인데, 이왕 하는 거 기분 좋게 하면 좋잖아."

수한이 옆에서 잔소리를 했다.

"내가 좋아서 하냐? 우리 중에 돈 나올 구멍이라곤 동진이밖에 없으니 그런 거지."

장생이 입을 비죽대며 구두를 댓돌 위에 놓았다.

지난가을부터 도출의 가슴병이 도지면서 찬모마저 부릴 수 없게 되었다. 그러자 장생이 부엌살림을 맡겠다고 먼저 나섰다. 장생은 가슴병은 무조건 잘 먹어야 한다는 의원의 말을 곧이곧대로 믿었다. 더는 줄일 살림이 없는데도 밥상에 자반 한 마리라도 올려야 한다며 속을 끓였다. 그나마 교동 팔녀회에 다니는 동진이 말고는 돈 만지는 사람이 없다는 것을 수한도 모르지 않았다.

"수한아, 스승님이 찾으셔."

장생의 말에 수한은 뜨악한 얼굴을 했다. 아침마다 도출 앞에서 책 읽기를 하던 것도 지난겨울부터 하지 않았다. 그러니 아침에 도출에게 불려 갈 일도 없었다.

"무슨 일인데?"

"낸들 아냐. 일어나시자마자 너희 둘을 찾으신다."

마당으로 들어서던 수한은 퉁퉁 부은 동진과 눈이 딱 마주쳤다.

"네가 일러바쳤지?"

동진이 눈에 쌍심지를 켜고 덤벼들었다. 자다가 날벼락이라더니, 고자질 어쩌고저쩌고하는 게 어이없었다.

"그럼 너야?"

동진이의 다그침에 장생의 눈이 휘둥그레졌다.

"여태 부엌에 있다 나온 사람한테 그게 무슨 말이냐?"

장생은 당장 멱살잡이라도 할 기색이었다. 장생이 대거리하자, 동진은 장생의 소맷부리를 잡고 있던 손을 슬그머니 놓았다.

도출은 허리를 꼿꼿하게 세우고 앉아 있었다. 수한과 동진은 누가 먼저랄 것도 없이 무릎을 꿇었다. 방 안 공기는 무겁고 냉랭했다.

"최한기를 만나러 다닌다던데 사실이냐?"

동진의 얼굴이 바싹 굳었다. 도출은 더는 아무 말도 하지 않고 잎담배를 피워 물었다. 요즘은 통 입에 대지 않던 담배였다. 갈비뼈 아래가 결린다는 말에 의원은 당장 잎담배부터 끊으라고 했었다.

수한은 한쪽 벽에 빼곡히 쌓여 있는 책으로 눈길이 갔다. 어제까지도 안 보이던 책이 보였다. 『로서아 민담』. 수한이 도맡아 도출의 책을 정리하기 때문에 들고 나는 책을 금방 알아챘다. 수한도 민담이 사람들 사이에 전해 내려오는 이야기라는 것쯤은 알았다. 저 책에는 사시사철 눈이 오고 땅이 꽁꽁 언다는 로서아라는 나라의 이야기가 실려 있을 테지. 어떤 이야기일까? 수한의 눈이 자꾸만 책으로 쏠렸다.

'스승님은 저런 책을 왜 읽으실까? 코쟁이 이야기를 사람들에게 들려주려고 그러시나?'

말만 던져 놓고 도출은 수한과 동진이 있다는 사실을 잊은 듯했다. 오래 눌렸던 오른쪽 발목이 찌릿하게 저려 왔다. 장딴지까지 뻣뻣해졌다. 동진은 잠자코 있는 수한이 못마땅하다는 듯 이맛살을 찌푸렸다.

"다시는 그 사람 만나지 마라. 극장 근처엔 얼씬거릴 생각도 말고."

동진이 피식 바람 빠지는 소리를 냈다.

"왜 저희에게 극장에 가지 말라고 그러십니까? 그러시는 이유를 잘 모르겠습니다."

동진의 말은 전에 없이 퉁명스러웠다. 변사가 되겠다는 말을 하는 건 아니겠지? 수한은 가슴이 벌렁댔다.

잠깐 낯빛이 흐려지긴 했지만, 도출은 여전히 묵묵부답이었다. 도출과 동진 사이에 흐르는 공기가 풀 먹인 이불 홑청처럼 팽팽했다.

"스승님은 저희가 바본 줄 아십니까? 우리도 눈이 있어 볼 것 다 보고, 귀가 있어 세상 돌아가는 소리 다 듣고 있습니다. 세상이 바뀌었는데 아직도 이야기 타령이나 하면 누가 알아줍니까?"

동진의 말투는 벼린 칼을 들이대듯 거칠었다.

"세상이 바뀌어도 변하지 않는 게 있는 법이다."

뜻밖에 도출의 목소리는 낮고 차분했다.

"아니요, 이젠 사람들의 입맛이 달라졌어요. 아무도 케케묵은 옛날이야기에 귀를 기울이지 않는다고요. 다른 나라 사람들은 어찌 사는지, 세상이 어떻게 돌아가는지, 사람들은 그런 데 더 관심이 많단 말입니다."

동진이 단단히 벼르고 있던 말을 작정이라도 한 듯 쏟아 냈다. 수한은 무성영화를 보겠다고 극장 앞에 늘어서 있던 사람들의 웅성거림을 떠올렸다.

"네가 좇는 그 무성영화라는 건 이야기가 아니다."

"그게 무슨 말입니까? 이야기가 아니라뇨?"

동진은 목소리를 높였지만 도출은 장승처럼 꿈쩍도 하지 않았다.

"변사의 말이 이야기가 아니면 그럼 무엇이란 겁니까?"

동진은 도출의 말에 한마디도 지지 않고 맞섰다. 절대 물러설 수 없는 전장의 장수처럼 동진은 맹렬했다. 감히 스승에게 대거리라니. 수한은 동진의 불뚝거리는 태도에 마음이 조마조마했다.

"이야기는 사람의 마음을 움직이는 거지, 눈이나 귀를 홀리는 게 아니라는 말이다."

"사람들이 그걸 더 원한다면 어쩌겠습니까? 아무리 귀에 즐거운 이야기도 누군가는 들어줘야 하는 거 아닙니까? 이제 사람들은 우리 이야기에 귀를 기울이지 않습니다. 스승님은 알면서도 모른 척하시는 겁니까, 아니면 모른 척하고 싶으신 겁니까?"

동진의 말은 거침없었다. 들어주는 사람이 있어야 이야기에도 힘이 생긴다는 동진의 말은 제법 그럴듯했다. 듣는 이 없는 전기수의 이야기는 귀 없는 벽 앞에서 주절대는 넋두리에 불과한지도 몰랐다. 동진을 바라보던 도출의 입가에 쓸쓸한 미소가 떠올랐다. 다시 어색한 침묵이 흘렀다.

"이야기의 주인은 이야기를 하는 전기수도 듣는 손님도 아니다."

도출의 말소리는 단호했다.

"그럼 이야기의 주인은 누굽니까?"

동진이 따지듯 되물었다.

"이야기의 진짜 주인은 이야기다."

도출은 잠시 말을 끊었다. 동진의 거친 숨소리가 볼에 닿을 듯했다.

"그러니 이야기꾼은 사람이나 돈을 좇지 말고 주인인 이야기를 좇아야 한다. 무엇을 얻기 위해서가 아니라 무엇이 되는 이야기를 해야 하는 게 진짜 전기수다."

도출은 말끝을 흐리며 지그시 눈을 감았다.

"그럼 밥을 얻기 위해 각설이타령을 하는 거지 패와 전기수가 뭐가 다릅니까? 결국 이야기를 팔아야 배를 채워 줄 양식이 생기는 것 아닙니까? 제 눈에는 선생님의 말씀이 터무니없는 허세로만 보입니다."

도출의 얼굴이 무섭게 일그러졌다. 불만 갖다 대면 금방 확 불꽃이 일 것 같은 노여움이었다.

"선생님은 이야기를 좇으십시오. 저는 돈을 좇겠습니다. 이 길로 곧장 최한기 어른을 뵈러 갈 겁니다. 나중에라도 그 어른을 뵙게 되면 제 이야기는 하지 말아 주십시오. 혹여 스승

40

님과 한솥밥을 먹은 일이 제 앞길을 가로막지 않았으면 합니다."

동진은 마지막까지 속말을 내뱉었다. 도출의 입에서 가느다란 신음이 새어 나왔다. 스승의 앞에서 앞뒤 없이 막말까지 하다니. 수한은 저도 모르게 입술을 꽉 물었다.

동진이 벌떡 일어나 방을 나갔다. 곧이어 급하게 마당을 빠져나가는 발소리가 들렸다. 방 안에는 무거운 침묵이 가라앉았다. 수한은 미동도 없이 꼿꼿한 도출을 바라보았다.

"장생이더러 아침 먹자고 일러라."

한참 만에 도출이 입을 열었다. 수한은 담배통을 끌어당기는 도출을 멀거니 보기만 했다. 담배는 안 된다는 말을 해야 한다는 생각은 머릿속에서만 맴돌 뿐이었다.

수한은 말없이 밖으로 나왔다.

마당에서 서성대던 장생이 수한을 보고 득달같이 달려왔다.

"동진이 잔뜩 뿔이 났던데, 스승님한테 또 꾸지람 들은 거지?"

수한은 들은 척도 않고 부엌으로 들어갔다. 장생이 몇 번이나 무슨 일이냐고 물었지만 수한은 아무 말도 하지 않았다. 동진도 옳고 도출도 옳았다. 수한은 그게 더 답답했다.

동진이 요즘 들어 부쩍 변사 어쩌고 할 때마다 수한은 저러다 말겠거니 했다. 너나없이 영화에 관심이 많았고, 손님도 점점 줄어드니 저도 답답해서 그러지 싶었다. 그런데 오늘 동진은 예전의 동진이 아니었다. 자기 앞길을 막지 말라고 말할 때는 소름까지 돋았다. 천하제일 전기수가 되겠다고, 그래서 서자로서 당한 수모를 보란 듯이 갚겠다고 하던 동진이 딴 세상 사람처럼 낯설었다.

동진은 일주일째 집에 들어오지 않았다. 장생은 대문을 잠그지 않았다. 금방 동진이 돌아오리라 믿는 눈치였다. 도출은 그런 장생에게 별다른 말을 하지 않았다.

화창한 날씨에도 도출은 문을 꼭꼭 잠그고 여러 날 바깥출입을 하지 않을 때가 많았다. 가슴병에는 요즘같이 맵싸한 날씨가 안 좋으니 차라리 다행이다 싶기도 했다.

"벌써 동진이 변사가 된 건 아닐까? 혹시 너도 변사 되겠다고 집 나가는 거 아니지?"

반은 걱정으로, 반은 넘겨짚듯 하는 장생의 말을 들을 때마다 수한은 신경이 송곳처럼 곤두섰다. 도둑이 제 발 저린 격으로 마음이 불편했다. 딱히 변사가 되고 싶다는 생각은 없었지만, 요즘 같이 코흘리개 조무래기 몇 앉혀 놓고 책을 읽을 때는 절로 힘이 빠졌다.

"동진이가 저러는 것도 어쩌면 네 탓이 클 거야. 동진이가 얼마나 널 시샘했는지 알지? 잘난 사람 옆에서 버티는 거, 그거 진짜 힘든 일이거든."

장생이 속없이 동진의 편을 들었다.

"그런 소리 마라. 팔녀회 같은 큰 모임은 늘 동진이 차지였어. 그럴 때면 내 마음도 마냥 편치만은 않았다고."

수한의 말에 장생이 움찔했다.

"그 녀석이 전기수가 된 이유 알잖아? 돈 많이 벌어서 보란 듯이 복수하겠다는 거였는데 요즘 같으면 그럴 만도 하지, 뭐. 동진이 너무 미워하지 마라."

"누가 미워한다고 그래?"

수한이 버럭 소리를 질렀다. 장생은 방으로 들어가는 수한을 멀뚱히 쳐다보았다.

동진이 즐겨 보던 소설책이 눈에 들어왔다. 『전우치전』이었다. 수한은 책을 들고 누웠다. 장생의 말 때문인지 동진의 비아냥거리는 말들이 머릿속을 헤집었다.

동진의 몸에는 양반집 도령이 행랑방 머슴 대하듯 하는 우쭐거림이 배어 있었다. 난 너희랑 피가 달라. 이렇게 동무처럼 너나들이하는 것도 다 내 인품이 남다른 덕분이지 너희가 잘나서가 아니라고. 대놓고 그런 말을 한 적은 없었지만, 늘 입가에 빙긋이 물려 있는 웃음은 동진의 그런 속내를 읽어 내기에 충분했다.

"머리 좋은 놈은 그 일을 진짜 즐기는 사람을 당할 수 없는 법이거든. 나는 돈 버는 재미를 즐기는데 넌 도대체 뭘 즐기는지 도통 감이 안 잡혀. 네 녀석이 어쩌다 예까지 굴러들었는지는 모르지만, 여기서는 내가 선배니까 깍듯이 모셔야 할 거다. 충고하는데, 스승님이 널 좀 아낀다고 너무 나대지는 마라. 그러다 다리 부러진 놈 여럿 봤다. 이게 다 후배를 아껴서 하는 선배님 말씀이니 새겨듣는 게 좋을 거다."

동진은 걸핏하면 그런 말로 수한의 속을 긁었다.

"어련할깝쇼. 알아서 모시겠습니다."

동진이 그럴 때마다 수한은 대수롭지 않게 넘겼다. 동진이 그러는 이유를 알 법했기 때문이었다. 동진의 목표는 세상이 알아주는 천하제일 전기수였다. 이름을 떨치고 돈을 많이 버는 것, 그래서 자기를 없는 자식 취급하는 김 대감과 큰어머니인 진우의 어머니에게 보란 듯이 복수하고 자랑스러운 아들이 되겠다는 동진에게 도출은 지나치게 엄격하고 냉정했다. 목적이 불순하기 때문에 전기수로서 제 목소리를 낼 수 없다는 거였다.

동진은 진우의 아버지인 김 대감과 기생이었던 어미 사이에서 태어났다. 본처인 진우 어미가 동진 어미에게 부린 행패는 장안에 소문이 파다할 만큼 그악스러웠다. 진우 어미는 사흘이 멀다 하고 살림을 부수고, 아랫것들을 시켜 집 안을 난장판으로 만들기 일쑤였다. 김 대감은 본처의 패악을 못 본 척했다. 본처의 가문이 나는 새도 떨어뜨린다는 세도 가문인데다, 그 또한 장인의 위세에 빌붙어 사는 처지였기 때문이었다. 김 대감은 본처의 심기를 건드리지 않으려고 늘 전전긍긍했다. 동진 어미가 사경을 헤맬 때도 김 대감은 아예 눈감고 있었다.

지난겨울 진우가 도출의 집을 찾아왔던 날, 동진은 저녁 내내 방문을 걸어 잠그고 나오지 않았다. 그 집 식구와는 얼굴도 마주치고 싶지 않다며 고래고래 소리를 질렀다.

"어미의 목숨을 구해 주면 다시는 눈앞에 나타나지 않겠다고 매달려 볼 작정으로 김 대감을 찾아갔었어. 분명 방 안에 있는데도 김 대감은 코빼기도 안 보여 주더군. 한참 만에 본처가 득달같이 나타나서 뭐라고 한 줄 알아? 그만한 병치레로는 죽지 않는다며 손 벌릴 생각은 꿈도 꾸지 말라더라. 어미가 사흘째 피를 토하고 있는데도 말이야. 지금까지 먹여 주고 길러 주었으면 됐지 무슨 낯짝으로 찾아왔느냐며 다시는 대문 넘어설 생각은 말라는데, 난 본처보다 김 대감이 더 원망스러웠어. 그 집 사람들하고는 꿈에라도 부딪치고 싶지 않아."

어미가 죽고 나서 동진은 칼을 가는 심정으로 살았다고 했다. 전기수가 되겠다고 결심한 것도 돈을 벌어 김 대감과 본처에게 당당해지고 싶기 때문이었다. 아니, 김 대감이든 큰어머니든 제 앞에 무릎이라도 꿇리고 싶은 심정이라며 동진은 분통을 터뜨렸다. 그날 진우는 끝내 동진을 보지 못하고 돌아갔다.

3장

"그래, 어제는 무슨 이야기를 읽어 주었느냐?"

도출의 느닷없는 질문에 수한은 하마터면 숟가락을 떨어뜨릴 뻔했다.

"보릿고개여서 다들 한 끼 챙겨 먹기도 힘든 때라 흥부전을 읽어 주었어요. 아이들이 그 이야기에 배고픔을 잠시라도 잊었으면 하는 생각에서요."

"잘했다. 장생이 너는?"

정신없이 밥을 퍼먹던 장생이 놀라 고개를 쳐들었다.

"저요? 어제는 유난히 아주머니 손님이 많았어요. 그래서 얼마 전 수한이 읽어 준 장끼전을 들려주었지요. 장끼를 나무라는 까투리의 말에 아주머니들이 무릎을 치며 좋아라 했어요."

"하하하, 아낙네들이 십 년 묵은 체증이 다 내려간다고 그러더냐?"

"네. 어미 아비 없는 저도 읽는 내내 심사가 뒤틀리던걸요. 동진이가 아버지한테 왜 그리 분개하는지 조금 알 것 같았어요. 지금보다 옛날 어미들은 여자라는 이유로 진짜 억울한 일이 많았나 봐요."

동진이 이름이 나오자 도출의 얼굴에서 웃음이 가셨다. 장생이 급히 말을 수습하려 했지만 이미 엎질러진 물이었다.

"수한아, 네가 오늘 교동에 가야겠다. 뭘 읽을 건지는 알아서 하고."

"동진이 말로는 따로 연락할 때까진 오지 말라고 했다던데요?"

수한이 조심스럽게 대꾸했다. 동진을 들먹이는 게 왠지 껄끄러웠다.

"노마님이 어제저녁에 전기수를 보내 달라는 기별을 해 왔다."

팔녀회는 동진의 거래처였다. 도출이 동진에게 교동 팔녀회에 가라고 했을 때 수한은 무척 서운했다. 동진이 자기보다 먼저 들어오긴 했지만, 책 읽기 실력으로 보면 자기가 한 수 위라고 자부하고 있던 터라 더욱 그랬다.

"넌 아직 여인네들을 상대할 만큼 담대하지 않아서 그러니 너무 섭섭하게 생각하지 마라."

속을 들여다보는 듯한 도출의 말에 수한은 귓불이 화끈거렸다. 알고 있는 여자라곤 누이동생과 어머니가 전부이긴 하지만, 광통교에서 온갖 사람들을 다 보아 왔다. 더구나 여인네든 사내든 책만 맛깔나게 읽어 주면 되는 일이라고 생각했는데 담대하지 않다니, 도대체 무슨 뜻으로 그런 말을 하는지 야속하기도 했다.

"네가 여자들 얼굴도 똑바로 못 쳐다보는 숙맥인 건 사실이잖아. 그러니 스승님 말씀이 아예 틀린 것도 아니지, 뭐."

옆에서 거들고 나서던 장생에게 섭섭한 생각까지 들었다. 그런데 별안간 교동에 가라니. 수한은 스승이 자신을 동진 대신으로 그랬으리라고는 생각하지 않았다. 도출은 아무리 이문이 많이 남는 모임이라도, 얼렁뚱땅 눈속임하려 들지 않았다. 수한이 마음에 차지 않으면 마땅한 사람이 없어서 보낼 수 없다고 말했을 사람이었다.

수한은 동진의 책 더미 속에서 유채기름이 든 종지를 챙겼다. 사대부 집을 들락거리는 전기수들이나 이런 유채기름을 가지고 다닌다며 동진이 꽤나 자랑했었다. 특별히 불려 가는 자리가 아니면 도출조차 들고 나서지 않는 귀중한 물건이었다.

"책 읽을 때 요걸 검지에 살짝 찍어 책장을 넘기면, 안방마님들의 꼴딱꼴딱 침 넘어가는 소리가 들릴 정도라니까, 하하하."

동진이 팔녀회의 노마님이 준 유채기름이라며 자랑했을 때 수한은 내심 부러웠다.

교동 팔녀회에 가다니. 도출에 대한 서운함이 단박에 가셨다. 동진과 경쟁할 생각은 없지만, 적어도 도출의 낯을 깎지는 말아야지 다짐까지 했다.

더없이 화창한 날씨였다. 수한은 몸도 마음도 날아갈 듯이 가벼웠다. 책을 든 손에 절로 힘이 들어갔다.

교동으로 들어가는 길로 접어드니 아름드리 느티나무가 눈에 들어왔다. 그 아래 나무 평상 위에 사내들 몇이 둘러앉아 있는 게 보였다. 수한은 평상 위에 슬쩍 엉덩이를 걸쳤다. 아침부터 들떠서 밥도 뜨는 둥 마는 둥 서두른 탓에 약속 시각보다 한참이나 일렀다. 아무리 천천히 걸어도 30분이면 도착할 수 있는 거리였다. 천하제일 전기수가 읽어 주는데, 조금 뜸을 들여 늦게 나타난들 내치기야 할까 싶기도 했다.

"아, 우미관에 새 영화가 들어왔다는데 소식 들었나?"

"코쟁이 여편네들이 말 타는 것도 나온다 그러던데. 조선 땅이 아니기에 망정이지, 그게 어디 가당키나 한 일인가? 여편네가 어디 고쟁이 다 보이게 다리를 벌리고 말을 타냐고. 하여튼 말세야. 그걸 보려고 유난 떠는 것들이 더 눈꼴시긴 하지만."

초로의 사내가 잔뜩 흥분해서 떠들어 댔다. 늘 듣던 말인지 옆 사람들은 대꾸조차 하지 않았다.

"언제 공짜 극장표 안 들어오나? 일전에 양놈 회사에서 공짜로 무성영화를 보여 주기도 했다는데."

평상에 드러누워 있던 사내 하나가 벌떡 일어나 앉으며 딴소리를 했다.

"이 사람아, 바랄 걸 바라야지. 고기도 먹어 본 놈이 먹는다고, 영화깨나 보는 놈들이 선수를 치겠지. 아무리 눈먼 공짜 표라도 우리한테까지 오겠나? 공연히 헛물켜지 말게."

장기판에서 눈에 떼지 않던 또 한 사내가 이죽거렸다.

"아무렴, 공것 바라다간 낭패 보기 십상이지. 내 여태 살면서 깨달은 게 있다면, 세상에 공짜는 없다는 걸세."

"어떤 놈은 자다가도 떡이 생긴다더만 우리 같은 사람은 죽을 둥 살 둥 해야 겨우 목구멍에 풀칠할 수 있는 팔자니, 세상 참 공평치 않아."

사내의 팔자타령에 다들 맥 빠진 얼굴을 했다.

"사람들이 그렇게 난리인 걸 보면 그 무성영화라는 게 대단하긴 한가 보지?"

장기말을 만지작거리며 사내가 지나가듯 중얼거렸다. 그 덕에 가라앉은 분위기가 다시 들썩였다.

"원래 소문난 잔치에 먹을 거 없다고, 내 눈엔 별거 아니더만. 변사라는 놈이 어찌나 방정맞게 까불대던지 내 얼굴이 다 화끈거리더라니까."

"맞아. 총 맞고 푹 쓰러지는 게 아니라, 춤을 추듯 이래이래,

그러더라니까. 나 원 참. 그 사람 진짜 죽은 게 아닌 거야. 총 맞았는데도 눈을 동그랗게 뜨고 있더라니까. 우리가 무지렁이 라고 얕보고 속이려는 꼼수란 말이지."

사내가 일어나서 눈을 하얗게 뒤집으며 쓰러지는 시늉을 했다.

"내 그럴 줄 알았지. 무성영화는 젊은 사람들이나 돈푼 좀 있는 마님들이나 보라 그러고, 역시 우리 같은 사람들한테는 구수한 이야기책이 최고지. 안 그런가?"

장기를 두던 사내가 주위를 둘러보며 말했다.

"맞네, 맞아. 광통교에서는 아직도 전기수 몇이 책을 읽어 준다던데, 그런 얘긴 못 들었나?"

사내는 두 팔을 넓게 펴고 평상 위로 널브러졌다. 사내들이 조만간 광통교에 나가 보자며 입을 모아 떠들어 댔다.

수한의 가슴 가득 묵직한 것이 차올랐다. 그래, 영화보다는 이야기지. 너나없이 무성영화에 열광한다지만 국밥 서너 그릇 과 맞먹는 극장표 값이면 몇 끼 걱정을 덜 수 있는 보통 사람 에게는 그림의 떡이요, 남의 잔칫상일 테니 말이다.

수한은 자리에서 일어나 바짓가랑이를 탈탈 털었다. 교동 마님들 앞에서 멋들어지게 천하제일 전기수의 모습을 보여 주어야 한다는 생각에 수한은 다리에 바짝 힘을 모았다.

솟을대문 앞에 서니 가슴이 쿵쾅거렸다. 아무리 나이 많은

51

마님들이라고 해도 여자 앞에서 책을 읽는 것은 처음이었다.

동진의 말에 따르면 안방마님들은 영웅 군담 소설이나 풍자 소설 같은 데는 도통 관심이 없다고 했다. 불려 가서 책을 읽을 때는 대부분 듣고 싶은 이야기책을 미리 정해 주기 마련이었다. 안방마님들은 『운영전』이나 『금병매』 같은 염정 소설을 좋아했다. 동진은 안방마님들 대부분이 청상과부이거나 늙은 과부들이어서 그럴 거라고 넘겨짚곤 했다.

수한은 여러 번 심호흡을 한 뒤에야 대문을 두드렸다.

"동네 사람 다 불러들일 셈이냐?"

대문을 열어 주며 행랑어멈이 쌀쌀맞게 말했다. 수한은 행랑어멈을 따라 마당 뒤쪽 깊숙한 안채로 따라 들어갔다. 행랑어멈이 인기척도 내기 전에 방문이 열렸다.

"네가 도출이 보낸다는 그 아이구나?"

주인인 듯 나이 지긋한 노마님이 수한을 요리조리 뜯어보며 말했다. 썩 내켜 하지 않는 말투와 표정이었다.

수한은 자신에게 꽂히는 노마님의 눈길을 피하지 않았다. 노마님이 수한에게 들어오라는 손짓을 했다.

방 안에는 대여섯 명쯤 되는 마님들이 둘러앉아 있었다. 아직도 양반가에서는 아녀자와 눈이 마주치지 않도록 방문 사이에 비단 발을 늘어뜨린다는 말을 들었다. 발 대신 방과 방 사이에 문지방이 가로놓여 있었다. 건넌방에 앉아 있던 마님들의 눈길이 한꺼번에 수한에게로 쏠렸다. 팔녀회 마님들 가운데 절반은 족보를 사들인 중인 출신 아낙네들이라는 동진의 말이 떠올랐다.

"동진 대신 왔다네."

노마님이 모여 있는 마님들에게 소개말을 했다. 마님들이 수한을 위아래로 훑어보았다. 불편한 시선이었다.

"그래, 오늘은 뭘 읽어 주려나? 저번 전기수보다 솜씨가 좋은지 어디 한번 들어 보세나."

노마님은 수한을 쳐다보며 묘한 눈웃음을 지었다. 책 읽는 솜씨가 마음에 들지 않으면 다시 부르지 않겠다는 엄포처럼 들렸다. 수한은 가져온 책 보퉁이에서 『숙향전』을 꺼내 들었다.

"그럼 제가 알고 있는 가장 후끈한 대목을 읽어 드리지요."

수한은 빙 둘러앉은 마님들을 휘둘러보며 말했다.

"숙향전에 그런 대목이 있었나?"

마님 하나가 옆의 마님에게 몸을 기울이며 나직하게 물었다. 수한은 못 본 척하며 한 손으로 부채를 촤르르 펼쳤다.

"춘향과 몽룡이 함께 보낸 첫날밤, 업음질 대목부터 시작하겠습니다."

수한은 헛기침을 한 번 했다.

"지금 손에 쥔 책은 숙향전이지 않은가?"

노마님이 눈을 동그랗게 치뜨며 물었다. 딴청을 피우던 마님들의 따가운 눈초리가 일제히 수한에게 쏟아졌다.

"전기수들의 머릿속에는 수십 권의 책이 들어 있지요. 필요할 때마다 그때그때 꺼내기만 하면 됩니다."

수한은 별일 아니라는 듯 어깨를 추스렸다.

"오, 그런가? 그런 말은 처음 듣네. 그러니 책 없이도 그 대목을 다 외우고 있다는 말 아닌가?"

노마님이 믿기지 않는다는 듯 되물었다.

"나중에 책과 다르면 어찌하겠나? 우리가 글을 모른다고 놀리려 들면 나중에 큰 봉변을 당할 걸세."

뒤쪽에서 마님 하나가 으름장을 놓았다.

"그건 걱정 안 해도 되네. 내가 그 대목은 토씨 하나 안 틀리고 죄 기억하고 있으니까."

노마님이 장담하며 혹시 나올 뒷소리를 잘랐다.

"그럼 틀린 대목이 나오면 노마님께서 바로 그 자리에서 일러 주십시오."

"알았네. 아무려면 읽어 주는 남정네가 다르니 듣는 맛도 다를 테지. 그럼 어서 시작하게나."

수한은 가볍게 고개 숙이며 인사치레를 했다.

"남정네는 무슨. 보아하니 아직 머리에 쇠똥도 안 벗겨진 거 같은데."

그 말에 쿡쿡 웃음소리가 터져 나왔다. 젊은 마님이 야릇한 미소를 지으며 붉은 입술을 혀로 슬쩍 한 번 훔쳤다.

수한은 다시 한 번 부채를 내리치며 시작을 알렸다. 마님들이 정색하며 목을 뺐다.

"······애고 잡성스러워라. 업음질을 어떻게 하오? 나는 부끄러워 못하겠소."

수한은 간드러진 목소리로 춘향 흉내를 내며 몸을 비틀었다.

"알 건 다 알면서 무슨 내숭이람."

내숭으로 치자면 여기 모인 안방마님들도 뒤지지 않을 듯했다. 수한은 못 들은 척 다시 목소리를 바꿨다.

"어서 벗어라, 어서 벗어라."

수한이 나무라듯 목청을 높였다.

"저고리 앞섶을 확 낚아채면 될 걸 남정네가 그리 간이 작아서야······. 빨리빨리 다음 대목을 읽어 다오."

낯간지러운 웃음소리가 다시 새어 나왔다. 수한은 검지 끝을 유채기름에 묻히고 책장을 넘겼다. 그러고는 곁눈으로 흘끔 마님들을 훔쳐보았다. 손부채를 부치거나 치맛단을 슬쩍슬쩍 들어 올리는 마님들을 보자 귓불이 화끈거렸다.

"에라, 이 계집아! 네 아니 벗으면 내가 벗겨 주랴.

만첩청산 늙은 범이 살찐 암캐 물어다가 놓고 이는 빠져 먹던 못하고 으르렁으르렁 얼루듯 북해 황룡이 여의주를 물고 채운간에 넘노는 듯 도련님 급한 마음 와락 달려들어 춘향의 가는 허리를 후려쳐 안고 저고리 풀며 바지 버선 다 벗겨 놓왔더니……."

수한은 책에 취한 듯 다음 대목을 찬찬히 이어 나갔다. 이런 대목은 듣는 이의 마음을 후끈 달아오르게 해야 한다. 그래서 목소리의 고조를 살려 때로는 빠르게, 때로는 느리게 하여 반찬의 간을 보듯 귓바퀴를 간질여 주는 게 중요하다.

"낭창낭창, 허리 꼬는 품새가 진짜 계집을 후리듯 하이."

젊은 마님 하나가 눈꼬리를 올리며 콧소리를 냈다.

한 대목도 놓치지 않으려는 듯 마님들이 슬금슬금 수한 쪽으로 거리를 좁혀 왔다. 수한의 읽는 속도에 맞춰 마님들은 키득대기도 하고, "참으로 좋네." "암, 여자라면 좀 빼는 맛이 있어야지. 안 그런가?" "아휴, 저러다 누가 들어오면 어쩌누. 내 가슴이 다 타네그려." 하는 추임새를 넣었다.

수한의 이야기가 끝났을 때, 마님들은 참았다는 듯 "후유!" 하고 가슴을 쓸어내렸다. 수한은 그런 마님들이 이웃 아주머니들처럼 가깝게 느껴졌다.

"자네, 책 읽는 솜씨가 여간 아니네. 우리만 듣기에는 참으로 아까워."

"내 이때까지 이렇게 애간장을 녹일 듯 후끈한 업음질은 처음일세."

"저도 하마터면 제 다리를 비틀 뻔했다니까요. 어찌나 속이 타는지."

마님들이 너도나도 추어올리자 수한이 얼굴을 붉혔다. 아래에서 뭉클한 것이 차올랐다.

"그래, 자네 이름이 뭔가?"

주인 노마님이 수한의 손을 끌어 잡았다.

"수한이라 합니다."

수한은 담담하게 말했다.

"동진이 읽는 것과는 또 다른 맛일세. 가슴만 후끈해지는 게 아니라 어질머리까지 일으키네그려."

"마님들이 재미있게 들으셨다니 더없이 기쁩니다. 읽는 사람은 듣는 사람의 흥취를 따를 수밖에 없으니 그저 고마울 밖에요."

수한은 괜한 공치사가 될까 싶어 더욱 공손하게 말했다.

"자네는 어째 요전법을 쓰지 않나? 동진이라면 벌써 몇 번은 썼을 텐데. 내 오늘은 따로 잔돈푼을 챙겨 왔으니, 지금이라도 주랴?"

젊은 마님이 허리춤을 만지작대며 넌지시 물었다. 수한은 교동에 다녀올 때마다 유난히 주머니가 두둑하다며 자랑이 늘어지던 동진이 떠올랐다.

"마님들이 이야기 중간중간에 추임새를 넣어 주셨으니 받은 것이나 진배없습니다."

"말도 듣기 좋게 하는구나. 젊은 총각이 우리 같은 아낙네 앞에서 책 읽는 게 쉬운 일이 아닐 텐데 말이다."

젊은 마님의 말투가 처음과는 달리 많이 누그러졌다.

"내 자네 재주가 아까워서 그러는데, 변사 해 볼 생각은 없나?"

노마님이 은근하게 물었다.

"참 그럴듯한 생각이네요. 지난번에 본 활동사진의 변사는 영 아니었는데. 이 총각이라면 딱일 듯싶네요."

"맞아요, 맞아."

"잘 생각해 보게. 기회가 그리 자주 오는 것도 아니고."

옆에 있던 마님들이 거들고 나섰다.

"우리 바깥양반이 우미관 주인과 선이 닿는다는 말을 들은 것 같아 그러네."

노마님이 슬쩍 말끝을 흐렸다.

"아하, 그러셨군요. 어쩐지 극장 사람들이 마님 대하는 품이 예사롭지 않다 싶었지요."

마님들이 머리를 맞대고 쑥덕였다.

"일전에 동진이가 무슨 눈치를 챘는지 넌지시 내 의중을 떠보듯 물어서 꽤 놀랐었네. 동무 아닌가?"

노마님의 말에 수한은 고개를 끄덕였다. 마님들이 동진의 이름을 들먹일 때마다 수한은 씁쓸했다. 동진이 미워서도, 어처구니없어서도 아니었다. 전기수들이 세월의 뒤안길로 조금씩 밀려나고 있을 때 변사들은 신작로를 걸어가고 있다는 사실을 자꾸 확인받는 기분이 들어서였다. 전기수가 누리던 모든 부귀영화는 이제 변사 차지가 되었다. 얼마 전에는 일본인이 만든 영화 〈춘향전〉에 우미관 변사가 이 도령으로 나오기도 했다. 이제 변사가 배우 자리까지 넘보는 시대였다. 도출의 어깨에서 힘이 빠지고 입을 닫은 것도 그런 이유가 아닐까? 수한은 착잡한 기분에 어깨가 푹 꺼졌다.

"아닙니다. 저는 이렇게 사람들 얼굴을 보며 책 읽는 게 훨씬 즐겁습니다."

수한이 정중하게 사양하는데도 노마님은 다음에 올 때까지 잘 생각해 보라고 거듭 일렀다.

"그래, 다음번엔 저번 오던 전기수가 다시 오는 겐가?"

"그건 장담하기가 좀…….."

수한은 동진이 변사가 되겠다고 집을 나갔다는 말을 차마 할 수 없었다.

"올지 말지 잘 모르겠다는 거로군. 사실 오늘로 이 모임을 그만 할까 했었네. 여기 있는 부인들도 활동사진 보는 재미가 좋다 하고, 마침 오던 전기수도 올지 말지 한다니 내심 잘됐다 싶었지. 오늘 자네의 춘향전 때문에 난 생각이 바뀌었네만, 다른 분들 생각은 어떤지 다시 얘기해 봐야 할 것 같네."

역시나 팔녀회 마님들도 새롭고 재미난 것을 좇는 사람들이었다. 먹고살기에 급급한 처지도 아니니 세상살이에 눈이 쏠리는 것은 당연했다.

노마님은 다음에 어찌할지 기별을 주겠다며 1원짜리 지전

두 장을 내밀었다. 적지 않은 금액이었다. 수한은 요즘 같은 때가 아니라도 교동 팔녀회 모임만 한 거래처를 놓치고 싶지 않았다.

여름이 아직 멀었는데 볼에 닿는 햇살이 꿉꿉했다.

느닷없이 변사라니! 노마님은 자신의 무엇을 보고 그런 제안을 한 걸까? 동진은 지금쯤 한기를 만났을까? 무성영화는 지나가는 바람이라는 도출의 말은 진짜일까? 복잡한 마음 탓인지 수한의 발걸음이 자꾸만 더뎌졌다. 주머니에 든 돈의 무게만큼 마음도 무거웠다.

"교동에 다녀왔습니다."

도출은 등을 돌리고 누워 있었다. 흐릿한 저녁 햇살이 도출의 옹송그린 어깨 위를 감쌌다.

"그래, 손님들은 어떠하다더냐?"

도출의 목소리는 음울했다. 딱히 대답을 기다리는 것 같지도 않았다.

"그리 나쁘지 않은 눈치였습니다. 노마님께서 다시 연락하겠다고 하셨습니다."

"그랬을 테지. 네 책 읽는 솜씨야 어디 내놔도 빠지지 않지. 그래, 어떤 책을 읽어 주었느냐?"

칭찬에 인색한 도출다웠다. 마음대로 했다며 도출이 화를 내면 어쩌나 싶어 수한은 잠시 머뭇거렸다.

"숙향전을 가져가긴 했는데, 팔녀회 부인들 대부분 미망인이라는 말을 들었습니다. 바깥출입이 예전보다 쉬워졌다고는 하나, 명색이 사대부가 안방마님들인데 그러기가 어디 말만큼 쉽겠습니까?"

"그래서?"

"춘향전 중 업음질 대목을 읽어 드렸습니다."

"그게 전부냐?"

"읽어 주고 싶은 것보다 듣고 싶어 하는 것을 먼저 살피는 것도 전기수의 몫이라고 스승님이 일러 주셔서……."

"하하하."

느닷없는 도출의 웃음에 수한은 어리둥절했다.

"그래그래, 네가 사람의 마음을 읽을 줄도 안다는 말이구나."

그제야 수한의 얼굴이 밝아졌다.

수한은 옆에 놓인 책을 챙겨 들고 일어섰다.

"요새 동진이를 만난 적은 없느냐?"

"만나진 못했지만, 다시 돌아올 겁니다."

수한의 목소리가 기어들어 갔다. 동진이 돌아오기를 정말 바라기는 하는 걸까? 수한은 제 마음을 자신할 수 없었다.

"한번 떠난 바람은 다시 오지 않는 법이다."

도출의 말소리가 들릴 듯 말 듯 침울했다.

방문을 나서는 수한을 도출이 불러 세웠다.

"내가 그간 정신을 빼놓고 지내느라 미리미리 챙겨 줬어야 했는데……. 말이라도 좀 하지 그랬느냐? 넌 아직도 내가 그리 어려우냐?"

도출은 수한에게 내일이라도 우편국에 들러 부치라며 돈을 쥐여 주었다. 다달이 챙겨 주는 어머니의 약값이었다. 수한은 그동안 도출의 무심함에 섭섭해했던 자신이 송구스러웠다. 교동 노마님이 따로 챙겨 준 돈으로 가슴병에 좋다는 약을 살 수 있을까? 수한은 가뿐한 걸음으로 방을 나왔다.

4장

아침부터 비가 쏟아졌다. 때아닌 소나기였다. 아침상을 물린 터라 장생은 늦도록 일어날 생각을 하지 않았다. 수한은 『홍길동전』을 손에 들었다. 방 안은 어두컴컴했다. 수한은 책더미 속에 숨겨 둔 손거울을 꺼내 문틀에 올려놓았다.

"이런 날은 좀 쉬어라. 어떻게 하루도 거르지 않고 연습이냐?"

자는 줄 알았던 장생이 몸을 뒤척이며 툴툴거렸다.

"옛말에 남아수독 오거서라는 말이 있고, 하루라도 글을 읽지 않으면 입안에 가시가 돋는다는 말도 있다더라. 책 읽어주는 것으로 밥벌이를 하는 놈이 연습을 잠시도 게을리해선 안 되지."

수한이 마음을 다잡듯 중얼거렸다. 수한은 입을 오물오물,

볼을 이리저리 비틀기도 하고, 혀를 날름대고 입을 벙싯거리기도 했다.

"지금 네 꼴을 보면 황소가 동무하자 그러겠다. 꼭 그런 이상한 짓을 해야 하는 거야?"

"이렇게 해야 표정이 풍부해지거든. 전기수는 광대나 소리꾼과 달리 오로지 목소리와 표정으로만 이야기를 전달해야 하니까."

수한은 거울 속으로 빠져들기라도 할 것처럼 열심이었다.

"이왕 하는 거 심청전 잔치 대목이나 읽어 주든지."

장생이 계속 딴죽을 걸었다.

"자꾸 말 시키지 마. 집중해야 한단 말이야."

수한이 참다못해 싫은 소리를 했다.

"대장부로 세상에 태어나서 공자와 맹자를 본받지 못할 바에야 차라리 병법을 배우고 대장이 되어 동정서벌하여 국가에 큰 공을 세워 후세에 이름을 빛내는 것이 대장부가 마땅히 걸어야 할 길일 테지."

깊은 밤 후원에 나온 홍길동이 자신의 처지를 한탄하며 혼잣말을 하는 대목이었다.

"동정서벌은 뭔 뜻이냐? 나 같은 무지렁이도 알 수 있게 풀어서 얘기해야지."

듣지 않는 척하더니 귀는 등 뒤로 바짝 쏠려 있었던 모양이었다.

"동서로 정벌한다는 말이니까…… 병법을 배워서 싸움터의 대장이 되어 나라를 넘보는 오랑캐를 무찔러 나라에 공을 세우고……. 이렇게 고쳐 말하면 되겠지?"

"네 맘대로 하든지 말든지. 쳇, 말 시키지 말라며."

수한은 다시 소리 내어 책을 읽기 시작했다.

"근데 넌 왜 이야기가 좋아?"

장생이 뜬금없이 정색을 하고 물었다.

"글쎄……. 이야기 속에서는 가 보지 못한 세상, 살아 보지 못한 시간 속으로 갈 수 있잖아. 공자 왈 맹자 왈 어려운 말이 아니라 재미나고 생생한 이야기로 어떻게 살아야 하는지를 가르쳐 주기도 하고."

"이야기가 뭘 가르쳐 준다는 건데?"

장생이 말꼬리를 잡았다.

"잘 생각해 봐. 흥부전은 욕심부리지 말고 착하게 살라고 가르쳐 주지, 심청전은 부모님에게 효도하라고, 춘향전은 서로 신의를 지키라고 가르쳐 주잖아. 또……."

수한의 말을 듣더니 장생은 골똘히 생각하는 듯 턱을 괴었다.

"진짜 그러네. 장화홍련전은 나쁜 짓을 하면 벌을 받는다고 가르쳐 주는 거고, 또 홍길동전은……. 그리고 보면 동진이는 홍길동보다 더 서러웠을 거야. 그래도 홍 대감은 마음속으로는 홍길동을 아들로 인정했잖아. 김 대감은 동진이를 아예 없는 자식 취급했다며? 그러고 보니 이런 생각도 홍길동 이야기 때문에 알게 된 걸까?"

장생은 한번 말이 터지면 어디쯤에서 그쳐야 할지를 몰랐다.

"그럼 넌 전기수가 된 걸 한 번도 후회해 본 적 없어?"

수한은 뜨악한 얼굴로 장생을 바라보았다.

"후회? 그런 건 생각해 보지 않았는데. 그냥 책 읽는 게 좋으니까 다른 사람들이 내 이야기를 들으면서 즐거워하는 것도 좋고, 또……."

"난 이야기는 좋아도 책 읽는 건 싫던데. 넌 처음부터 책이 좋았단 말이야?"

"우리 어머니는 잘 못 주무셨어. 그런 날 내가 책을 읽어 주면 마음이 편안해지고 잠도 잘 온다고 하셨지. 그래서 책을 읽기 시작했어. 어머니가 좋아할 만한 이야기는 뭘까 생각하다 보면 새 책을 보게 되고, 점점 더 책이 좋아지더라."

"책이 좋아졌다고?"

"음……, 생각해 보니 책 읽어 주는 걸 좋아한 것 같아."

수한의 눈이 가늘어졌다.

"남은 진지하게 묻는데 딴생각이나 하고 있고?"

장생이 입을 비죽였다.

"요즘은 나 대신 진이가 어머니한테 이야기책을 읽어 주고 있을 거라는 생각을 하니까 갑자기 진이도 보고 싶고 어머니 걱정도 되고…….”

수한이 힘없이 말하자 장생은 무안해져서 코를 벌름댔다.

“사람들이 내 얘기 한 자락에 웃고 우는 모습을 보면 내가 참 대단한 사람처럼 느껴지는걸. 게다가 돈까지 생기잖아.”

수한이 이내 밝은 얼굴로 목소리를 높였다.

“하긴, 이야기 듣는 걸 싫어하는 사람은 없으니까. 그래도 변사가 돈은 많이 번다던데…….”

장생이 수한의 눈치를 보며 뒷말을 얼버무렸다.

“그렇긴 하다는데…….”

수한이 문을 열고 바깥을 내다보았다. 여전히 굵은 장대비가 쏟아지고 있었다.

어느새 장생은 낮게 코를 골며 고개를 꾸벅거렸다.

댓돌 위로 떨어지는 낙숫물 소리는 저녁 늦도록 그치지 않았다.

며칠 광통교에 따라나섰던 장생은 파리만 날린다며 볼멘소리를 했다. 이러다 땟거리 걱정까지 해야 하는 건 아닌가 하며 걱정할 때는 수한도 가슴이 답답했다. 극장에 새로운 영화가 걸릴 때는 그나마 뜸하던 발길마저 뚝 끊겼다.

“사람이 없으면 사람 있는 데를 찾아가면 되지, 뭐.”

장생은 그 스승에 그 제자라며 눈을 흘겼다.

수한은 광통교 가는 길에 종로통 담뱃가게에 들렀다. 종로

통을 구경 나온 노인네나 일감 찾는 날품팔이꾼들이 모이는 곳이었다. 아침부터 날씨가 끄물끄물하니 어쩌면 사람들이 몰려들지도 모른다는 기대는 빗나갔다. 가게 앞에는 장기 두는 남정네 하나 없이 썰렁하기만 했다.

광통교 밑에 드문드문 모인 사람들을 보자 수한은 불쑥 반가움이 일었다. 휑한 종로통에 견주면 천만다행이었다. 아낙네 몇이 빨래를 하고 있는 청계천 개울물이 봄 햇살을 받아 반짝거렸다.

벌써 갑수가 한 자리 차지하고 앉아 있었다. 바로 코앞에 청계천을 두고도 거지 패 아이들은 씻지 않았다. 모양새가 말끔하면 거지처럼 보이지 않아 보리개떡 하나 얻어먹을 수 없기 때문이었다. 멀쩡한 얼굴에 일부러 진흙을 묻히는 아이도 있었다.

"밥은 먹었냐?"

"어둑어둑해지면 진고개 쪽으로 갈 거야. 아, 심심해. 난 배고픈 것보다 심심한 게 더 싫어."

갑수는 손으로 입을 톡톡 치며 하품을 했다.

"형, 어떻게 하면 책을 그렇게 재미나게 읽을 수 있어?"

"그게 내 밥줄인데 쉽게 가르쳐 줄 수 있나."

수한은 눈꼬리를 가늘게 늘이며 웃었다. 갑수가 발끝으로 흙바닥을 긁어 댔다.

"음, 쉬운 방법이 있는데 한번 해 볼래?"

수한이 장난스럽게 갑수의 귀를 잡아당겼다. 갑수는 몸을 배배 꼬며 금방 헤헤거렸다.

"글을 배우는 거야. 글을 읽게 되면 네가 이야기의 주인공이 되는 거지. 어떤 일이 벌어졌는지 알게 되고, 그러면 절로 주인공처럼 느껴지거든. 어때, 귀가 솔깃하지?"

"얼마나 걸리는데?"

"글쎄……. 하기 나름이지만 마음 잡고 하면 열흘이나 스무 날쯤 걸리겠지."

"그렇게나 많이?"

갑수는 하루 이틀 손가락을 꼽더니 심드렁한 낯빛이 되었다.

"쳇, 거지가 글자는 배워서 뭐에 써. 그냥 형이 읽어 주는 거 들을래."

갑수가 들고 있던 책을 슬그머니 수한 쪽으로 밀어냈다. 수한은 웃음을 참으며 먼산바라기를 했다.

"남산골 할아버지 오시네!"

팔자걸음으로 휘청휘청 걸어오는 노인을 보고 갑수가 소리쳤다.

"임경업전, 그거 한 대목 읽어 주지 않겠나?"

남산 사는 딸깍발이 노인이 넌지시 말했다. 집안 대대로 삼정승은 아니지만, 호조 말석 정도는 꿰찼던 가문이라는 게 큰 유세 거리인 노인이었다. 한문은 좀 읽지만 한글은 까막눈이었다. 배우려고 들면 사나흘이면 너끈할 텐데도 노인은 언문은 아녀자들이나 배우는 글이며, 공자 왈 맹자 왈이 전부라고 여겼다.

"임경업전은 한문 소설이니 어르신이 찾아 읽으시지요?"

수한은 전에 없이 불퉁거렸다.

"읽는 것과 듣는 것은 맛이 다른 법이지. 이젠 눈도 어둡고."

남산골 노인은 빈말 비슷한 변명을 늘어놓더니 슬며시 갑수 옆에 앉았다. 양반입네 거드름을 피우지 않고 갑수에게 곁을 주는 것만도 다행이었다.

하나둘 아이들이 몰려오고, 빨래터 아낙네들도 수한 쪽을 기웃거렸다. 요전법을 하기에는 턱없이 부족한 수였다. 오늘은 쌈짓돈을 덜어 줄 만한 사람이 없어 보였다. 어제오늘 일도 아니지만, 어쩌면 보리개떡 하나 못 사 먹고 파해야 할지도 모른다는 생각이 들자 반가운 마음은 온데간데없어지고 다리에서 힘이 쏙 빠졌다.

도출의 말처럼 이야기를 듣겠다고 사람들이 와 준 것만도 다행이라고 여겨야 하는데, 마음처럼 쉽지는 않았다.

다들 수한이 책 읽어 주기를 기다리는 눈치였다. 기다림이 지루했는지 하품하는 아이도 있고, 두 손을 겨드랑이에 낀 채 건들대는 어른도 있었다. 한참 뜸을 들이던 수한은 『임경업전』을 펼쳐 들었다.

70

"책 읽기는 그만두고 재미난 얘기 한 자락 해 봐라. 날씨가 우중충해서 그런가 마음이 쓸쓸하네."

남산골 노인은 돈 낼 처지도 못 되면서 『임경업전』 어쩌고 한 것이 미안한 모양이었다.

"아, 어르신이 그런 말씀을 하시니 마음에 둔 이야기가 있긴 합니다만."

수한이 슬며시 운을 뗐다.

"그래, 어디 한번 들어 보자꾸나."

"그리 재미난 이야기는 아닌데……."

"세상에 재미없는 얘기는 없지. 듣는 사람이 재미있으면 되는 거지."

수한의 말에 남산골 노인은 둘레둘레 돌아보며 공것이라 괜찮다 했다. 옆의 사람들이 "좋소. 좋소." 하며 입을 모았다.

"강원도 땅에 한 사내아이가 살았지요. 그 아비는 원래 경성 사람이었는데 어찌어찌하여 그곳에 들어오게 되었지요. 경성 살 때도 아주 궁색한 살림은 아니었는데 왜 갑자기 그곳까지 내려갔는지 별다른 말을 해 주지 않았어요. 책 읽기를 유난히 좋아했던 사내아이는 밤마다 어미의 베갯머리에서 이야기책을 읽어 주었지요. 열 살이 지나면서 사내아이의 누이 역시 책 읽기를 흉내 냈지요. 귀동냥으로 들은 이야기를 얼마나 재미나게 하는지 동네 아낙네들이 집에 자주 들락거렸지요.

누이는 사내아이가 읽어 준 책에다 제 생각을 덧입혀 이야기 했어요.

화전을 일구어 조와 콩, 뭐 이런 걸 심어서 먹고살았는데, 어찌 된 일인지 꽤나 구차한 살림에도 아비는 걱정이 하나도 없었어요.

몇 달씩 집을 비울 때면 아비는 곳간 가득 양식을 쟁여 놓고 갔어요. 아비는 마을 사람들에게 인색하게 굴지도 않았지요. 보릿고개 때나 명절 앞에는 곳간을 열어 이웃에게 양식을 나눠 주기도 했으니까요. 어미도 그런 돈이 어디서 나오는지 몰랐어요. 끼니 거르지 않는 게 그저 다행이다 싶었으니까요.

그러던 어느 날 이장을 앞세운 순사들이 집으로 들이닥쳐 아비를 끌고 갔지요. 어미도, 사내아이도, 누이도 무슨 일인지 짐작조차 할 수 없었어요. 그날 밤 어미는 이장에게서 이상한 이야기를 들었어요. 아비가 산에 다녀온 이튿날에는 어김없이 양식을 팔아 갔다고, 그 양이 제법 된다고 읍내 싸전에서 고 자질을 했다는 거였지요. 아비는 끔찍한 몽둥이질과 모진 고 문에도 입을 열지 않았지요. 보름 만에 아비는 반송장이 되어 돌아왔어요. 임야세를 내지 않았다는 죄목이었지요."

"임야세는 뭐에 붙이는 세금인감?"
한 아낙네가 까치발을 하며 앞사람에게 물었다.
"땅이나 산에 붙인 세금이겠지."

72

남산골 노인이 뒤를 돌아보며 일러 주었다.

"싸전 양반, 정말 몹쓸 사람이구먼."

아낙네가 눈살을 찌푸렸다.

수한은 아까부터 고개를 갸웃대며 입술을 달싹이는 갑수를 보았다.

"무슨 할 말 있니?"

"참말로 이상해서 물어보는 건데, 아비는 어디에서 맨날 돈이 생겨요?"

"나도 진작부터 궁금했다만 꾹 참고 있는 거다. 기다리다 보면 나중에 어찌 된 사연인지 다 나온다. 떼쓰지 말고 좀 기다려라."

남산골 노인이 갑수에게 흥을 깨지 말고 잠자코 있으라는 눈치를 줬다.

"아비는 자기가 다녔던 산 때문에 이장 어른이 순사들에게 시달리고 있다는 걸 알았어요. 아비는 이장 어른에게 모년 모월 모일에 임야 문서를 내놓을 테니 시간 좀 벌어 달라고 했답니다."

수한이 말을 끊고 사람들을 빙 둘러보았다.

"필시 무슨 사연이 있는 게야. 그 산에…… 혹시, 거기 금덩이라도 묻혀 있었던 거 아니냐?"

남산골 노인의 눈이 번들거렸다. 금덩이라는 말에 사람들이 술렁거렸다.

"아냐. 그 산에 우렁각시를 숨겨 놓았을지도 몰라."

"그건 말도 안 돼. 우렁각시는 밥 짓고 빨래하고 그러지 금 덩이를 만들지는 못하잖아."

"흥부처럼 제비 다리를 고쳐 주고 박씨라도 얻었나?"

"턱도 없는 소리. 내 살던 동네에는 밤마다 금덩이를 가져 다주는 도깨비가 있었다던데, 혹시 도깨비 아닐까요?"

사람들이 저마다 알고 있는 이야기를 들먹였다. 수한은 잠 자코 사람들의 말을 들었다. 읽는 사람과 듣는 사람의 마음이 한곳에 닿는 순간이었다.

"드디어 문서를 건네주기로 약속한 전날 밤, 아비는 사내 아이와 누이를 불렀어요. 아비는 이제 이 세상 사람이 아니다 생각하고 살아라, 죽지 않고 살아 있으면 언젠가 꼭 다시 만 날 날이 있을 거다, 그러셨어요. 무슨 영문인지 몰랐지만, 아 이는 아비의 비장한 얼굴을 보고 아무 말도 못했지요.

아비는 여기 있다가는 온 가족이 다 죽게 될 거라며 어서 짐 을 싸라고 했어요. 어미와 누이동생은 외가에 가기로 하고, 아 이는 아비가 써 준 경성 주소를 들고 밤도망을 나왔지요. 나중 에 어미에게서 들은 말은, 아비가 강원도 땅으로 내려간 이유 가 금광 때문이었대요. 경성에서 알고 지낸 어떤 분이 금광에 서 금덩이가 나오면 그걸 들고 만주로 가라고 했대요. 아비만 그 금광이 있는 데를 알고 있었던가 봐요. 몰래몰래 금덩이를 팔아 오던 아비는 싸전 주인의 고자질 때문에 금광을 넘겨야 하는 상황이 된 거지요. 아비는 금광을 왜놈에게 빼앗기지 말아야 한다는 생각에 그날 밤 문서를 불태워 없앴어요."

수한이 이야기 끝에 한숨을 내쉬었다.

"문서만 없앴다고 순사들이 못 찾을까? 얼마나 흉측한 놈들인데."

아낙네 하나가 혀를 차며 말했다.

"그게 문서가 아니라 금광 지도 아닌가 싶은데. 어때, 내 짐작이 맞는가?"

남산골 노인이 작은 눈을 끔적거리며 물었다. 수한은 노인을 보며 고개를 끄덕였다.

"그거 혹시 형 이야기야?"

갑수가 또로록 눈알을 굴렸다.

"흠……, 누구 얘기면 어떻누. 그래 그 사내아이는 어찌 되었나?"

"글쎄요. 그 뒤로는 그 아이 얘기를 듣지 못했어요."

수한의 대꾸에 남산골 노인의 눈자위가 촉촉해졌다.

"지금도 그 아이는 아비를 이해할 수 없을 거예요. 어쩌면 죽을 때까지 그럴지도 모르지요."

"그 아비는 벌써 만주 땅을 밟고 있을 게다."

남산골 노인의 말에 수한은 멍한 눈으로 하늘을 올려다보았다. 금방이라도 비를 뿌릴 것처럼 하늘이 잔뜩 흐렸다.

5장

"형, 내가 모시고 왔어."

갑수가 옆에 서 있는 젊은 여자를 가리키며 싱글벙글했다. 긴 그림자 위로 뾰족구두가 눈에 들어왔다. 남촌 왜인들이나 경성 갑부가 아니면 신을 수 없는 값비싼 구두였다. 개미가 미끄러질 것 같은 반지르르한 구두 한 켤레가 쌀 두 가마니 값은 족히 나갔다.

수한은 고개를 들었다. 양산 아래 여자의 얼굴이 보였다. 수한과 눈이 마주치자 볼우물을 만들며 여자가 웃었다. 귀엽고 앳된 얼굴과는 달리 무릎 아래까지 내려오는 까만 치마와 하얀 블라우스를 받쳐 입은 것이 꽤나 신경 쓴 옷차림이었다.

"네가 수한이니?"

"그러긴 한데, 뉘신지?"

76

또래로 보이는데 다짜고짜 반말이라니. 수한의 말도 곱게 나오지 않았다.

"처음 본 숙녀 이름을 물어보다니 예의가 아니다만, 오늘은 내가 찾아온 처지니까 참아 준다. 내 이름은 이선이야."

이선? 내가 언제 이름을 물어봤나? 그냥 나를 어떻게 아느냐고 물은 건데. 수한은 때까치처럼 톡톡 쏘는 이선을 멀거니 바라보았다.

"오라버니가 널 데려오라고 했거든. 예쁜 여자가 부탁하면 절대 거절하지 못할 거라나? 오빠도 참……."

이선은 한 손으로 입을 가리며 깔깔 웃었다. 새침데기 같은 겉모습만큼이나 웃음소리가 깃털처럼 가벼웠다.

"이런 동네에서 나만 한 신여성 찾아보기가 힘들긴 하지."

이선은 갑수를 따라 쫓아온 아이들을 빙 둘러보며 코를 찡긋했다.

"책 읽어 주는 일을 한다지? 요즘 누가 심청전, 흥부전 같은 책을 읽겠니? 도스또예쁘스키, 똘스또이 그런 사람들 소설이라면 또 몰라도."

이선은 요상하게 혀 꼬부라지는 서양 이름을 들먹였다.

"일없으니 그만 가시지."

수한이 따갑게 쏘아붙였다. 처음 본 사이면서 남의 일에 이러쿵저러쿵 참견하려 드는 데다 아랫사람 취급하려 드는 태도에 기분이 상했다.

"널 데려가는 데 극장표 두 장이 걸려 있거든. 별로 바빠 보이지도 않는데 뭘 그러니? 사람 상대하는 전기수답지 않게 내외하려는 것이 아니면 그리 빼지 말고 따라나서는 게 어때? 오빠가 코피도 사 준다고 했는데."

수한은 '코피'라는 말에 귀가 솔깃했다. 종로 거리와 진고개 곳곳에 서양식 숭늉인 커피를 파는 다방들이 즐비했다. 장생은 한약 달인 것처럼 시커먼 물을 마시려고 돈을 싸 들고 찾아다니는 사람들을 이해할 수 없다며 혀를 내둘렀다. 한약보다 쓰다던데, 도대체 얼마나 쓴지 궁금했다.

"진고개에 가서 맛있는 불갈비도 사 준다는데."

불갈비라는 말에 수한의 입안에 침이 고였다. 아침으로 멀건 시래깃국에 꽁보리밥 한 덩이 말아 먹고 나선 이후 저녁이 다 되도록 굶고 있던 터였다. 꼬르륵 소리가 낯선 여자한테 들릴까 싶어 수한은 헛기침을 두어 번 했다.

"순전히 그 극장표 때문에 따라가는 거다."

수한이 돗자리를 개며 무뚝뚝하게 말했다.

"저기 대광통교 책방에 동화책 많이 있는데……. 그런 책 읽어 주는 사람은 없으니까, 동화책을 읽어 주면 찾아오는 손님들이 더러 있지 않을까?"

이선은 수한 옆으로 바짝 붙어 서며 말했다. 걱정해 주는 말인지, 타고난 수다쟁이인지 수한은 가늠이 되지 않았다.

"남촌 왜인들이나 그런 양코배기 애들 나오는 걸 좋아하지,

여기 손님들은 그런 얘기 별로 안 좋아해."

수한은 얼굴을 찌푸리며 말했다.

"무슨 소리야! 방정환이라는 분이 천도교 회관에서 동화책을 읽어 줄 때면 사람들이 엄청 몰려든다고 하던걸."

수한도 방정환이라는 사람 이야기는 들었다. 책을 얼마나 실감 나게 읽는지 우스운 이야기일 때는 배꼽을 잡고, 슬픈 이야기일 때는 모두 옷소매가 다 젖도록 울음바다를 만든다고 했다. 그 사람은 몹시 뚱뚱해서 삼복더위에 땀을 뻘뻘 흘리며 책을 읽어 주는데, 듣고 있는 바짝 마른 아이들은 몸이 오싹할 정도라고도 했다. 그 소문을 듣고 몰래 천도교 회관에 다녀온 장생도 참 대단한 사람이라며 입에 침이 마르도록 칭찬했다.

"애들이 무슨 돈이 있다고. 그 어른이야 공짜로 읽어 주니까 다들 찾아가는 거겠지."

수한이 퉁명스럽게 말했다.

"정말, 그럴지도 모르겠네. 그럼 내가 우리 어머니께 독서회 하나 꾸려 보라고 할까?"

눈치 없이 끼어들기 좋아하는 이선의 말에 수한은 피식 헛웃음이 나왔다.

"그런 마음에 없는 소리 그만하고 얼른 앞장서기나 하시지? 이래 봬도 바쁜 몸이라서 말이야."

수한은 공연히 꺼드럭거렸다.

"쳇."

이선이 샐쭉해서 돌아섰다. 수한은 잠시도 쉬지 않고 떠들어 대는 이선이 밉지 않았다. 처음 본 사내아이에게 이렇게 스스럼없이 구는 여자아이는 누이동생 말고 처음이었다.

이선을 따라 도착한 곳은 명동 한복판에 있는 다방이었다. 어두컴컴한 다방 안은 매캐한 담배 연기로 자욱했고, 코를 싸쥐어야 할 만큼 독한 냄새가 배어 있었다. 깽깽이와 거문고 소리를 합쳐 놓은 듯한 요상스러운 음악에 귀도 멍멍했다.

"어휴, 코 매워. 오빠는 하고많은 다방 놔두고 하필이면 이런 데서 보자고 한담."

이선이 수한의 팔짱을 끼며 종알거렸다. 놀란 수한이 서둘러 팔을 빼냈다.

"남정네만 득실거리는 곳에 들어왔으니 너라도 나를 지켜 줘야 할 거 아냐. 뭘 그렇게 야박스럽게 구니?"

이선은 뿌루퉁한 얼굴로 쏘아붙였다.

"오빠!"

이선은 이리저리 기웃거리더니 반갑게 소리쳤다. 으슥한 구석에서 책을 읽고 있던 진우가 알은척을 하느라 손을 번쩍 들었다.

"어이, 어서 와. 내가 보자고 해서 놀랐지?"

의자에서 일어나며 진우가 환하게 웃었다.

"앉아, 앉아. 마담, 여기 코피 두 잔. 아니, 이선이 넌 미루크 마셔야지?"

"흥, 나도 신여성인데 촌스럽게 미루크는. 코피 마실래."

이선이 진우를 향해 눈을 하얗게 흘겼다.

잠시 뒤 기모노 차림의 마담이 커피를 내왔다. 하얀 커피 잔에 담긴 커피는 보기만 해도 쓴 침이 고였다. 잔에 살짝 입만 대어 보던 수한은 하마터면 커피 잔을 떨어뜨릴 뻔했다. 입천장을 벗겨 낼 만큼 뜨거운 데다 눈살이 절로 찌푸려질 만큼 그 독하고 쓴맛이라니! 도대체 사람들은 왜 이런 걸 돈까지 줘 가며 먹는지 알 수가 없었다.

이선이 터져 나오는 웃음을 참으려는 듯 손으로 얼른 입을 가렸다.

"엄청 쓰지? 인이 박인 사람들이야 단번에 마시는 모양이더만, 우리 같은 초짜들은 여기에 각설탕을 넣어야 한다니까."

진우가 탁자 위에 놓인 설탕통을 수한 앞으로 밀었다.

"자, 너도 처음이니까 각설탕 두 조각은 넣어야 할 거야. 그리고 이 스푸운으로 쇠죽 젓듯 휘휘 저어 줘야 해."

진우는 손가락 길이만 한 작은 숟가락으로 커피를 저었다.

커피를 마시고 다방을 나온 세 사람은 천천히 걸었다. 진우는 연신 몸을 비벼 대며 칭얼거리는 이선에게 돈을 쥐여 주었다. 약속한 극장표 값인 듯싶었다. 이선의 입이 헤벌쭉 벌어졌다.

진고개 요릿집은 대궐처럼 컸다. 좁은 통로 양옆으로는 다다미방이 나란히 붙어 있었다. 피맛골 국밥집과는 사뭇 다른 분위기였다.

유명세 탓인지 이른 저녁인데도 다다미방의 닫힌 문 아래에는 고무신이며 구두가 즐비하게 놓여 있었다. 귓구멍이 얼얼하도록 시끄럽던 다방에 견주어 다다미방은 더없이 조용했다.

"동진이가 네 책 읽는 솜씨를 많이 부러워하더라. 이야기가 책 속에서 성큼성큼 걸어 나오는 것 같다고."

"정말요? 동진이가 그런 말을 했다니 뜻밖이네요. 동진이와 별로 친하게 지내지 못했거든요. 어쩌면 날 미워할지도 모른다는 생각도 했는걸요."

믿기지 않는다는 듯 수한의 말소리가 작아졌다.

"미워하다니. 부러워서 그럴 거다. 동진이는 우리 아버지와 어머니한테 원한이 많아. 작은어머니 돌아가신 게 다 우리 양친 탓이라고 생각하고 있으니까. 아마 동진이가 전기수를 하겠다고 마음먹은 것도 그때 사무친 원한 때문일 거야. 그래서 돈 많이 벌어 보겠다고 나선 거겠지."

진우의 목소리는 흐린 표정만큼 침울했다.

"쳇, 그까짓 전기수로 어떻게 돈을 벌어? 변사라면 또 모를까?"

잠자코 듣고만 있던 이선이 비꼬듯 말했다.

"정 선생님한테 동진이가 집 나갔다는 얘기 들었어. 혹시 나중에라도 동진이 소식 들으면 알려 주면 좋겠는데. 이런 부탁 괜찮지?"

"소식 알게 되면 전해 드릴게요. 어디로 찾아가면 돼요?"

커피에 저녁까지 얻어먹었으니 그 정도 부탁은 거절하기 힘들었다.

"명월관이라고 알지? 정 선생님이 가끔 들르시는 곳 말이야."

"네?"

수한은 놀라서 눈을 치떴다.

"학생이 무슨 명월관 같은 데 들락거리나 싶어 놀란 모양이구나. 거기가 순사들 눈 피하기엔 딱 그만이더라고. 3·1 만세 운동 이후 잔뜩 겁을 집어먹었는지 문화 통치 어쩌고 하면서 집회의 자유도 주겠다, 서적 검열을 없애겠다 그러지만, 그 시커먼 속을 누가 모르겠어. 다 속임수고 사기야. 우리나라 말을 제2국어로 가르친다는 게 말이 돼?"

진우의 목청이 점점 높아졌다. 진우 말을 듣고 보니 요즘 들어 광통교에도 심심찮게 순사들이 눈에 띄긴 했다.

"쉿! 여기도 순사들이 들락거리는 요릿집이야. 무슨 곤욕을 치르려고 그래?"

이선이 파랗게 질린 얼굴로 진우를 말렸다.

"아, 알았어."

"기껏 동진이 얘기 하려고 수한이를 불러오라고 그런 거야? 우리 남매라면 이를 갈 텐데."

진우 입에서 동진이 들먹여지자 이선이 새치름해졌다.

"너도 그러면 못써. 싫든 좋든 동진이는 우리 피붙이야."

이선은 하얗게 눈을 흘기더니 손수건으로 입가를 꾹꾹 눌렀다. 남매는 퍽이나 다정해 보였다. 밥 먹는 내내 수한은 마음이 껄끄러웠다. 입안의 밥알이 서걱댔다. 동진이 두 남매에게는 어쩔 수 없는 가족이듯, 수한에게도 밉든 곱든 한솥밥을 먹는 동무였다.

요릿집을 나오니 어느새 땅거미가 져서 어둑어둑했다. 진우가 명월관에 잠깐 들러야 한다고 하자 이선은 지레 싫은 내색을 했다. 어차피 집으로 가는 길목 아니냐는 진우의 말에 이선은 마지못해 따라왔다.

명월관에서 흘러나오는 노랫가락이 봄밤의 흥취를 돋우고 있었다. 마당 한쪽에는 모란들이 봉오리를 맺고 있었다. 기생들이 사는 곳에 향기 없는 모란이라니. 이상하게 눈이 갔다.

수한은 밤인데도 양산을 요리조리 돌리고 양산 너머로 흘끗흘끗 안을 살피는 이선을 보니 슬며시 웃음이 나왔다. 진우가 홍연을 불러 달라는 말을 행랑어멈에게 전했다. 행랑어멈이 수한에게 알은체를 했다. 처음 보는 낯선 풍경에 이선은 연신 마당 안쪽을 기웃거렸다. 수한도 마당가를 한 바퀴 돌았다. 뒤꼍으로 나오니 떠들썩한 소리가 더욱 가깝게 들렸다. 명월관의 최고 손님들만 모신다는 별채 앞에서 수한은 발을 멈췄다. 열린 방문 사이로 한 사내가 보였다. 기생 둘이 그 사내에게 딱 달라붙어 갖은 아양을 떨고 있었다.

"저기 별채에 계신 분은 누구세요?"

수한이 지나가듯 물었다.

"아, 최한기 어른 말이구나. 요즘 최 변사님이 아예 명월관을 세놓은 것 같다니까. 배우가 된 기생이 있다는 말을 듣고는 너나없이 어찌 눈에 들어 볼까 하고 저 난리구나. 우리 같은 군식구들이야 배 안 곯고 고기반찬 하나라도 더 올라오니 좋긴 하다만."

행랑어멈이 수한의 귀에 대고 속삭였다.

"우리 스승님도 옛날엔 저러셨겠지요?"

말을 하고 나니 수한은 진짜 도출의 과거가 궁금해졌다.

"호호호, 정 선생님은 정반대셨지. 책 읽어 주는 값을 술로 받으셨으니까. 그때만 해도 다들 정 선생님이 오시기를 손꼽아 기다렸지. 최 변사님도 전에는 전기수였다는데 정 선생님과는 영 달라."

행랑어멈의 눈빛이 가뭇해졌다. 수한은 분 냄새 풍기는 기생들 틈에서 책을 읽어 주는 도출의 모습이 그려지는 듯했다.

"그 무성영화라는 게 진짜 그렇게 재밌는가?"

"아무렴요. 조선 사람이 만든 〈월하의 맹서〉라는 영화 때문에 벌써부터 충무로가 들썩들썩해요."

이선이 냉큼 나섰다. 처음 본 사람에게도 꽤나 싹싹하게 대하는 걸 보니 생각보다 따뜻한 사람인 것 같았다.

한참 만에 나타난 홍연이 수한을 보더니 반색했다.

"도출 어른은 잘 지내시지? 요즘은 통 뵐 수 없네. 홍연이가 무척 보고 싶어 한다는 말 꼭 전해 드려라."

말은 그렇게 하면서 홍연의 눈은 내내 진우에게 꽂혔다. 이선이 연신 웅얼거리며 할끔거렸다.

"아는 분이 여기에 뭘 맡겨 둔다고 해서 잠시 들렀지."

"아, 그거요. 잠깐만 기다리세요."

홍연이 행랑어멈에게 귓속말로 뭐라 일렀다. 잠시 후 행랑어멈이 잰걸음으로 두툼한 뭉치를 들고 왔다.

"별건 아니고 책이야. 우리 모임에는 아주 중요한 거지만."

수한을 돌아보며 진우가 씨익 웃었다.

"홍연 씨, 번번이 고마워요."

홍연의 볼이 발갛게 달아올랐다. 명월관 최고의 기생이 열여섯 소녀처럼 수줍어하는 모습은 꽤 낯설었다.

"야, 왜 이제 들어와? 한바탕 난리도 아니었는데."

장생의 낯빛이 심상치 않았다. 장생은 수한을 잡아끌며 허겁지겁 방으로 들어갔다. 장생은 문밖을 한 번 둘러보고는 문고리를 잡아당겼다. 수한이 무슨 일이냐고 묻기도 전에 장생은 "쉿!" 하며 입에 손가락을 갖다 댔다.

"오늘 낮에 누가 왔었는지 알아?"

장생이 호들갑을 떠는데도 수한은 그저 눕고만 싶었다.

"최한기 어른이라고 알지? 예전부터 스승님과 아는 사이인 것 같던데. 왜, 그 유명한 우미관 변사 말이야."

수한은 조금 전 명월관에서 본 한기를 떠올렸다.

"무슨 일로?"

"스승님께 변사 일을 해 보지 않겠느냐고, 곧 문을 열 조선 극장에 연줄을 놔 주겠다던데."

"뭐?"

몇 년 만에 나타나 친구랍시고 어쭙잖은 충고를 하고 변사 주선까지 하다니, 수한은 한기의 예상치 못한 방문이 왠지 불길했다.

"그래서 스승님은 어쩌신대?"

수한이 덜컹거리는 가슴을 애써 누르며 물었다.

"서로 갈 길이 다르다고, 그런 이야기 하려거든 다시는 오지 말라고 역정을 내셨지, 뭐."

"뭐 그렇게 유난 떨 일도 아닌 걸 가지고……."

수한은 시큰둥하게 말하고는 쓰러지듯 방바닥에 길게 누웠다.

"그게 다가 아니라니까."

장생이 수한의 몸을 흔들며 수선을 피웠다.

"한기 어른이 너를 제자로 달라고 그랬다고. 스승님이야 제 발로 기회를 찼으니 어쩔 수 없고, 앞날이 구만리 같은 네 앞길은 막지 말라면서."

수한이 놀라 벌떡 일어나 앉았다.

"왜 내가 두 분 말다툼에 끼어들게 된 건데? 뭐 더 들은 이야기는 없고?"

수한의 목소리가 날카롭게 찢어졌다. 도대체 한기는 무슨 생각으로 그런 말을 했을까? 동진도 도출에게 자신의 앞길을 막지 말라고 했었다.

"그 어른이 널 데려다가 변사도 시키고, 인물도 훤하니 배우로 키우겠다고 그러던걸. 참, 한기 어른이 광통교에서 널 봤다던데 그게 사실이야?"

"난 기억이 없는데……. 스승님은 어쩌고 계셔?"

"방문을 잠그고 꼼짝도 안 하셔. 요즘 더 많이 힘들어하시는 것 같아. 진지라도 잘 드셔야 할 텐데 저녁도 거르고 저러고 계시니 참말 걱정이다. 근데 넌 스승님이 허락하시면 변사할 거야?"

"……."

수한은 말없이 벽에 기대앉았다. 머릿속이 뒤죽박죽 엉클어져 그런지 속까지 울렁거렸다.

"주머니 속에 있는 거 뭐야?"

장생은 아까부터 주머니를 만지작거리고 있었다. 수한의 물음에 장생은 입맛 도는 반찬이라도 장만해야겠다며 딴소리를 했다.

6장

하루가 다르게 청계천 변 버드나무들의 연둣빛이 짙어졌다. 한기가 다녀간 뒤에도 도출은 일주일에 한 번씩 바깥나들이를 했고 수한은 광통교에 나갔다.

"네 부탁 들어줬으니까 너도 들어줘."

장생이 서너 번 광통교에 나와 천막 치고 거적 까는 일을 거들어 준 것을 생색내서 하는 말이었다.

며칠 전부터 장생은 수한에게 저녁에 시간 좀 내 보라고, 어디 함께 가야 할 곳이 있다며 반은 어르듯 반은 협박하듯 졸랐다.

'어딜 가는데 저 난리람?'

장생은 꽁무니에 불이라도 붙은 듯 여간 서두르는 게 아니었다.

90

"수한아, 빨리 나와. 빨리!"

장생은 대문을 붙잡고 몸을 비틀었다.

"부탁 들어준다고 한 적 없는데."

수한은 딴청을 피우며 미적댔다.

"내가 처음 하는 부탁인데, 자꾸 이럴 거야?"

장생이 잔뜩 삐쳐서 없는 말까지 했다.

"알았다, 알았어. 광통교 나가는 거 그만 생색내라. 나도 삐칠지 몰라."

고무신을 질질 끌며 나오는 수한을 보자 장생의 꼬부라진 눈매가 스르르 풀렸다. 수한은 도출이 있는 건넌방을 설핏 보았다. 방문은 굳게 닫혀 있었다. 장생은 어물대는 수한을 잡아끌었다. 키 낮은 돌담으로 이어진 골목 안은 조용했다. 멀리 개 짖는 소리가 간간이 들려왔다.

"뭐야? 오자는 데가 여기였어?"

벽돌 건물을 올려다보며 수한이 목소리를 높였다. 우미관 앞이었다. 장생은 수한을 보며 빙글거렸다. 수한의 얼굴이 일그러졌다.

"여기 극장표 두 장."

장생은 바지춤에서 극장표를 꺼내 흔들었다. 마치 만국기라도 흔드는 것처럼 의기양양했다.

"어, 어디서 난 거야?"

수한은 말까지 더듬으며 다그쳤다. 장생에게 80전이나 하는 극장표를 살 만한 돈이 있을 리 만무했다.

"어디서 났건, 그게 뭐 중요해?"

"그럼 뭐가 중요한데? 스승님이 아시면 어쩌려고?"

장생은 좋은 일에 뭐 그리 발끈하느냐며 뚱한 얼굴을 했다.

"스승님이 모르게 하면 되지, 뭐. 영화 좀 보는 게 무슨 큰 일이라고."

장생이 찔리는 구석이 있는지 대충 얼버무렸다.

"넌 무성영화라는 게 어떤 건지 궁금하지도 않아? 난 맨날 꿈속에 나오던데."

수한의 눈에 불이 일었지만 장생은 아랑곳없었다.

"간절히 바라면 이루어진다더니, 이렇게 하늘에서 극장표 도 떨어졌고. 영화 한 편 본다고 뭐가 달라져. 보기 싫으면 넌 그냥 가든지."

장생은 퉁퉁 부은 얼굴로 뚜벅뚜벅 극장 입구 쪽으로 걸었 다. 무성영화를 보고 싶은 마음은 수한이 장생보다 더하면 더 했지 덜하지 않았다. 수한은 제 마음을 들킬세라 장생한테 따 따부따한 것 같아 마음에 찔렸다. 수한은 엉거주춤 장생의 뒤 를 따랐다.

극장 안은 무덤 속처럼 깜깜했다. 자꾸만 허방다리를 짚는 기분이었다. 하지만 조금 지나자 가렸던 손을 떼어 낸 것처럼 서서히 눈앞이 밝아졌다.

"우아, 굉장하다!"

장생이 극장 안을 휘둘러보고는 탄성을 질렀다. 수한은 내심 놀라웠지만 어깨만 들썩였다. 왠지 도출에게 죄지은 기분이 들어서 마냥 좋아하는 티를 낼 수 없었다.

계단식으로 된 좌석은 천 명은 충분히 앉을 수 있을 것 같았다. 극장 앞쪽 벽에는 흰색 옥양목 천이 걸려 있었다. 벌써 자리가 꽉 찼는지 통로조차 발 디딜 틈이 없었다. 우미관 구경 안 하고 경성 다녀왔다는 말 하지 말라는 게 빈말이 아닌 듯했다. 영화가 상영되는 동안에는 보통 좌석 수의 두 배가 넘는 사람들이 몰려든다니, 수한은 절로 신음이 나왔다. 부러웠다.

장생과 수한은 사람들 틈을 비집고 좌석을 찾아 들어갔다.

자리에 앉자마자 깜박 하고 전등이 나갔다. 삽시간에 극장 안이 깜깜해졌다.

"시작하려나 봐."

장생이 수한의 손을 꽉 잡았다. 땀이 찬 것처럼 손바닥이 축축했다.

'빰빠라 빰빰.'

무대 뒤에서 정신을 홀딱 뺄 것 같은 시끄러운 연주 소리가 흘러나왔다. 깜깜하던 무대 위로 눈부신 조명이 비춰졌다.

"저것 좀 봐!"

장생이 놀라 소리쳤다. 자전거 나팔소리가 나더니 무대 왼쪽에서 손 하나가 쑥 튀어나왔다. 사람들이 꼴깍 숨을 삼켰다. 손에 쥐어져 있는 나팔에서 '뿡빵뿡빵' 소리가 터져 나왔다. 잠시 뒤 무대 오른쪽에서 중절모를 쓴 신사가 사타구니에 자전거 나팔을 끼우고 괴상망측한 춤을 추며 나왔다. 변사였다. 엉덩이를 요리조리 휘젓고 발을 들까불며 변사는 무대를 폴짝폴짝 뛰었다.

사람들이 까르르 웃음을 터뜨렸다. 장생은 몸을 꼬며 큭큭 댔다. 수한도 웃음을 참으려고 얼굴에 힘을 주었다.

"저게 뿡뿡이춤인가 보다. 모양이 좀 빠지긴 해도 사람들 웃음을 얻는 데는 딱이네. 그런데 너, 저 변사 한 달 월급이 얼마인지 알아?"

장생이 수한에게만 들릴 만한 작은 소리로 말했다. 수한은 고개를 가로저었다.

"극단 배우들보다 곱절, 웬만한 관리들 월급 세 배는 된다던데. 그러니 다들 변사 하겠다고 나서는 거겠지?"

변사 지망생들로 극장 문지방이 닳을 정도라는 게 괜한 소문은 아닌 듯했다.

필름 돌아가는 소리가 극장 안을 가득 메웠다. 공중에 푸르스름한 빛줄기가 생기더니 옥양목 천 위로 그림이 툭 튀어나왔다.

"저게 활동사진인가 보네. 천에서 그림이 나오다니, 진짜 신기하다!"

수한의 팔을 흔들며 장생은 야단스러웠다.

뒤이어 변사의 유창한 말소리가 들려왔다.

"……여기 한 사람의 어여쁜 여자가 있는데…… 봄바람에 도화가 난분분하듯, 앉으면 모란이요, 서면 작약 같으니…… 장안의 사내들 애간장을 녹이고 기생들도 울고 가는 미인이 네그려."

스크린에는 머리 위에 봉긋한 모자를 쓰고, 치렁치렁한 치마를 잔뜩 부풀려 입은 여자가 마차에서 내려서고 있었다.

"그냥 예쁘다고 하면 될 걸 사설 한번 기네. 저 여자, 콧날이 송곳 같아. 저래서 코쟁이라고 하나 보다, 그치?"

장생은 잠시도 입을 다물지 못했다. 장면이 바뀔 때마다 장생은 신음 소리를 내고 감탄사를 쏟아 냈다. 코쟁이들이 눈앞에서 쓰러졌다 흐느꼈다 뛰었다 난리도 아니었다. 도깨비에게 홀린 듯 신기하고 놀라웠다.

"……세월은 흘러흘러 달력도 한 장 두 장 넘어가는데, 그 사내는 잡을 수 없는 바람이었더란 말인가. '진정 나를 사랑하였더란 말이오?' 사내의 바짓가랑이라도 잡고 늘어져야 하나, 눈물을 머금고 보내야 하나……. 노라의 얼굴을 적시며 눈물은 하염없이 흐르는데. 아, 저러다 한강 물도 넘치겠구나. 세상에 이만한 슬픔이 또 어디 있더란 말인가? 무정한 기차는 무정한 기적 소리를 울리며 떠날 것이로다."

금방이라도 눈물을 뚝뚝 떨어뜨릴 것 같은 목소리로 변사가 주절주절 사설을 늘어놓았다.

"아직 기차도 안 나왔는데……. 순 엉터리 변사 같으니라고."

누가 툭 불평을 터뜨렸다.

"그 어른 참 성질 급하네. 기다리면 기차가 나오겠지, 기차가 기찻길로 가지 어디 샛길로 빠졌을까 봐 그러나. 내 보기엔 전차보다 더 빨리 달리는구면."

장생이 억지소리를 했다.

억센 사내들이 엎치락뒤치락 싸움을 벌이자 변사는 발을 동동 구르고 탁자를 쿵쿵 내리쳤다. 변사는 귓구멍을 막고 보는 것 같은 밋밋한 장면들을 마치 바로 눈앞에서 보는 것처럼 생생하게 만들었다. 가끔은 눈물을 철철 쏟아 내게 하고, 때로는 배꼽을 잡고 뒹굴게 하는 요술쟁이 같았다. 수한은 이야기 한 자락으로 사람을 울리기도 하고 웃기기도 한다는 점에서 변사나 전기수가 별로 다르지 않다는 생각이 들었다.

영화가 끝나자 사람들이 무대 위 변사에게 박수와 환호를 보냈다. 그 소리가 천장 높은 극장 안을 우렁우렁 울렸다.

수한과 장생은 사람들에게 끼어 바깥으로 밀려 나왔다.

"참말 재밌지 않냐? 난 기차가 나를 덮치는 줄 알았어."

장생이 영화의 감흥이 가시지 않는지 부르르 몸을 떨었다.

수한의 귓가에 극장 안이 떠나가라 하던 세찬 환호가 쟁쟁

했다. 먼지를 뽀얗게 일으키며 달리는 마차들의 행렬과 시꺼 먼 연기를 뿜으며 달려오는 기차, 움푹 들어간 깊은 눈의 이 방인들은 난생처음 보는 것들이었다. 거기에 '뿌우, 칙칙폭 폭……' 하며 기적 소리를 내는 변사의 사설은 금방이라도 옥 양목을 뚫고 나올 것 같던 기차에 썩 어울렸다. 새롭고 신기 한 것에 사람들의 눈이 쏠리는 것은 당연하다 싶었다.

밤공기가 맵싸했다. 장생은 집으로 돌아오는 내내 기차 얘 기를 몇 번이고 되풀이했다. 대문 앞에 다다라서야 수한은 그 제야 생각났다는 듯 장생을 가로막았다.

"근데 극장표는 어디서 난 거야?"

"어? 아, 그거……. 그게, 그게……."

장생은 수한의 눈을 피하며 쩔쩔맸다.

"어떻게 된 일인지 바른대로 말해"

"영화도 봤으니까. 음, 사실은 저번에 최한기 어른이 너한테 전하라며 주셨어."

장생은 잔뜩 뜸을 들이고서야 털어놓았다.

'왜 그런 걸 나한테 준 거지?'

수한은 자기한테 전해 주라고 했다는 말이 목에 걸린 생선 가시처럼 찜찜했다.

"나한테 물어보지도 않고 그걸 덥석 받으면 어떡해?"

수한의 화난 얼굴을 보고 장생은 앞뒤 없이 횡설수설했다.

"너한테 직접 줬어 봐. 보자마자 찢어 버렸을걸. 고이 모시

고 있다가……, 흐흐흐……, 이렇게 밤마실도 나오고 영화도
보고, 누이 좋고 매부 좋고지. 안 그래?"

수한은 얼렁뚱땅 넘어가려 드는 장생이 어이없었다. 장생은
무엇이든 뒷일 따위는 생각 않고 주는 대로 받아 챙겼다. 언
제 굶을지 모르기 때문에 있을 때 많이 먹어 둬야 한다는 게
장생의 생각이었다. 그래도 스승이 멀리하는 어른인 줄 뻔히
알면서 그랬다는 게 수한은 못마땅했다. 수한은 장생의 뒤통
수를 냅다 갈겼다. "아쿠쿠……!" 하며 머리를 싸안으면서도
장생은 히죽거렸다.

수한과 장생은 아침 일찍 집을 나섰다. 어젯밤 내내 머리를
맞대고 궁리한 것은 남대문시장을 둘러보자는 것이었다. 사대
문 밖에 있던 칠패시장과 남대문 안에 있던 남문내장이 합쳐
진 그곳은 경성에서 가장 큰 시장이었다. 잘만 하면 새 공연
터도 잡고, 부지런히 서두르면 점심나절에는 광통교에까지 나
갈 수 있을 것 같았다.

이른 시간인데도 싸전과 어물전, 과일전을 비롯해 100개도
넘는 점포가 아침을 여는 사람들로 북적였다. 잔뜩 짐을 실은
소달구지를 피해 사람들이 이리저리 종종걸음을 쳤다.

"여기는 사람들이 되게 많다, 그치?"

장생의 입이 헤벌쭉 벌어졌다. 이곳을 쥐락펴락하던 친일파
송병준이 얼마 전 이곳을 일본인에게 넘긴 후라 그런지 일본

사람들도 눈에 많이 띄었다.

"종로통은 영화 판이고, 여기는 왜놈 판이군그래. 저리 바쁜 사람들이 이야기 들을 시간이나 있을까?"

장생이 마뜩잖은 듯 콧잔등을 실룩거렸다.

"극장 주인들은 영화를 들여오는 것보다 더 돈이 된다고 아예 직접 영화를 촬영한다 난리라던데? 하긴 코쟁이들이 나오는 영화보다 우리나라 사람이 나오고 우리 이야기이면 사람들이 더 보러 가겠지. 안 그러냐?"

장생이 떨떠름한 표정으로 중얼거렸다. 천도교 회관이다 탑골공원이다 하며 틈만 나면 사람들이 모이는 곳을 기웃대는 장생이었다.

"조선극장이 새로 생기면 변사도 많이 필요하겠지?"

극장에 다녀온 뒤로 장생은 전에 없이 변사 이야기를 많이 했다.

우미관과 단성사가 돈을 많이 벌어들인다는 말에 보험회사를 운영하는 일본인 사장이 돈을 대고 조선 사람을 주인으로 앞세워 인사동에 극장을 짓는 중이었다. 3층짜리 벽돌 건물에 500명은 너끈히 들어가는 최신식 극장이라고 했다. 조선극장이 생기면 조선 사람이 갈 수 있는 극장도 세 군데로 늘어나는 셈이었다.

"너도 변사 하고 싶지 않아? 너 정도 실력이면 아마 극장에서 서로 데려가려고 난리일 거야."

장생이 은근히 수한을 치켜세웠다.

"그런 얘기 하는 걸 보니 변사는 네가 더 하고 싶어 하는 것 같은데?"

장생은 손을 내저으며 발뺌을 했다.

"무슨 소리! 난 까막눈이잖아. 변사 되려면 글도 읽을 줄 알고 일본말도 유창해야 하고, 거기다가 창가도 부를 줄 알아야 한다는데, 뭐. 너라면 또 모를까? 넌 대감댁 귀한 도련님처럼 생겨서 변사 어른 말대로 배우도 할 수 있을 거야."

"돈 안 든다고 비행기 태우지 마라. 너야말로 한 번 들은 건 줄줄 읊으니 언문 정도야 금방 배울 수 있을 거야."

"정말?"

수한이 고개를 끄덕였다.

"하긴, 저번에 우미관에서 보니 변사도 화면을 흘끔흘끔 보면서 이야기하던걸. 대본도 미리 준다니까 영화 내용만 알고 있으면 그깟 이야기 지어내는 것쯤은 그리 어려울 거 같지 않기는 해. 여자들도 변사 하겠다고 나서는데, 그럼 나도 한번 해 볼까?"

장생이 주먹을 그러쥐며 흰소리를 했다. 수한은 웃으며 장생의 어깨를 쳤다.

"그래도 안 될 거야. 난 글자만 보면 눈알이 팽팽 돌고 머리가 띵해지는걸. 나마저 없으면 스승님 밥상은 또 누가 맡고? 우리 그러지 말고 다음 장날엔 배오개에 나가 보자. 혹시 알아? 며칠 쌀값은 벌 수 있을지……."

장생이 수한의 어깨를 덥석 쥐었다 놓았다. 장생은 늘 얻어
만 먹다가 제 손으로 밥하는 일에 제법 재미를 붙였다. 나물
무침 같은 반찬은 웬만한 여자들보다 더 잘했다. 놋그릇도 반
짝반짝 윤이 나게 닦고 부뚜막도 반지르르하게 훔쳤다. 수한
이 도와줄까 몇 번 기웃거리기도 했지만 장생은 번잡스럽다
고 했다. 수한은 그런 장생이 형처럼 든든하고 고마웠다.

마루에 앉아 있으면 솔솔 잠이 쏟아질 정도로 햇살이 다사
로웠다.

"오늘도 광통교에 나갈 셈이냐?"

도출이 퀭한 눈으로 수한을 건너다보았다. 며칠 만에 도출
이 아침상에 얼굴을 보였다. 지난밤 도출은 밤늦게 들어왔다.
오랜만의 외출이었다. 몸에서 희미하게 술 냄새가 풍겼다. 명
월관에 다녀온 모양이었다.

"네. 손님은 많지 않지만요. 스승님께서 손님이 없으면 손
님을 찾아가야 한다고 하신 말씀도 있고 해서 어제는 남대문
시장을 둘러보긴 했는데……."

"그래서 매일 거저 이야기를 들려준다, 이 말이지?"

수한은 자기가 뭘 잘못했나 싶어 가슴이 오그라들었다.

"돈 내고 이야기 들으러 오는 사람이 더는 없으니 어쩌겠어
요."

나물국을 떠먹던 장생이 심드렁하게 대꾸했다.

"세월이 그러니 너라고 별수 있겠냐? 너무 애쓰지 마라. 아직 너희를 굶길 만큼 궁하지는 않으니."

도출이 애써 밝은 표정을 지었다.

"사람이 어떻게 밥만 먹고 살아요. 일이 있어야지요. 밥벌이 되는 일이요."

장생이 나물국을 휘휘 저으며 말했다. 자못 투정 섞인 말투였다.

"밥벌이라……."

혼잣말로 되뇌며 도출은 장생과 수한을 보았다.

"오이무름이라는 천하제일 전기수를 알고 있느냐?"

도출이 둘의 얼굴을 번갈아 보며 말문을 열었다. 뜬금없는 질문이었다.

"그게 누군데요?"

장생이 눈을 반짝이며 되물었다.

"정조 시대에 살았던 김중진이라는 어른이지. 늙지도 않았는데 다들 오이무름이라고 불렀다는구나."

"오이무름이라니, 이상한 별명이네요."

"무른 오이를 먹을 때처럼 입 모양을 우물거리며 이야기해서 그런 이름을 얻었다더라. 야담이나 패설을 얼마나 잘했던지, 아무리 꼬장꼬장한 양반이라도 배꼽을 잡기 일쑤였지. 한 대목 한 대목 이야기를 풀어 나갈 때는 가슴을 꼭꼭 찌르듯 얼마나 실감 나게 말했던지, 마치 딴 세상에 가 있는 것 같았다더라."

"한번 그 어른 이야기를 들어 보고 싶어요."

장생이 침을 꿀꺽 삼켰다.

"나도 할 수만 있다면 그러고 싶긴 한데……. 다들 귀신이 그 어른의 재주를 도와준다고 할 정도였지. 그 어른이 하는 이야기를 들으면 슬픈 사람은 위로를 받고, 나쁜 마음을 먹었던 사람은 부끄러움에 울음을 터뜨렸다고 하더라. 굳이 요전법을 쓰지 않아도 저절로 사람들이 주머니를 열었지. 소문이나서 대감댁 안방마님도, 기생집에서도 돈을 싸 들고 와서는 어른을 모셔 가려고 난리였다는구나."

"그럼 그 어른은 엄청난 부자였겠네요?"

돈을 많이 벌었다는 말에 장생이 흥분했다. 도출은 그런 장생을 보며 고개를 저었다.

"그 어른은 이야기하는 일을 즐기셨지. 이야기를 듣자고 찾아온 사람에게 돈을 요구하지도 않았고, 어찌어찌 받은 돈은 집에다 그저 쌓아 놓기만 했지. 그러다가 어느 날 갑자기 그분이 세상에서 사라지셨다더라."

"왜요? 돈도 많고 이름도 얻었다면서요?"

"그거야 모르지. 어떤 사람은 하늘나라 옥황상제가 이야기를 듣고 싶어 모셔 갔다고도 하고, 산신령이 되었다고도 하고."

"나는 그 많은 돈이 어떻게 됐을지 그게 더 궁금해요."

장생이 몸을 바짝 밥상 쪽으로 내밀었다. 수한은 갑자기 오이무름 이야기를 꺼낸 도출의 속내가 궁금했다.

"돈이란 그런 거다. 좇는다고 손에 잡히는 것이 아니야. 천하제일이라면 무릇 눈에 보이는 돈보다 보이지 않는 돈을 좇아야 한다."

도출은 느릿느릿 젓가락질을 했다.

"어떻게 하면 돈이 제 발로 따라오게 할 수 있는데요?"

"그 어른은, 책 읽어 주는 일을 진정으로 즐길 줄 알고 진심을 다해 읽으면 돈이 절로 따라온다고 했다."

"에이, 그게 뭐예요?"

장생은 실망스럽다는 투로 다시 국그릇에 얼굴을 처박았다.

진심을 다하면 된다고? 수한은 진심이 돈이 되지 않는 세상이 되었다고, 보이지 않는 진심보다 눈앞에 보이는 황금을 따르는 세상이 되었다고 소리치고 싶었지만, 목까지 차오른 말을 꾹꾹 눌렀다.

7장

일찌감치 아이들이 몰려들었다. 올망졸망한 아이들 틈에 불쑥 튀어나온 덩치 큰 어른들이 끼어 있었다. 수한은 양반들이 들은 이야기를 적어 놓은 패관 소설에서 읽은 이야기로 말문을 열었다. 아낙네와 남정네들은 가끔 들려주는 한문 소설 한 대목이 공짜로 듣는 이야기라 더욱 재미나다며 좋아라 했다.

"옛날 박막동이라는 사람이 있었어. 한양 사람들이라면 다들 그와 마주칠까 봐 식겁했지."

"왜요?"

아이들이 입이라도 맞춘 듯 동시에 소리쳤다.

"왜냐하면 말이지……."

수한은 아이들 하나하나와 눈을 맞추었다.

"기가 막히게 사람들을 속였기 때문이란다."

"어떻게요?"

꼬질꼬질한 얼굴이지만 눈만은 초롱초롱했다.

"오늘 들려줄 얘기도 막동이가 썼던 속임수 중 한 토막인
데……."

"애고, 이러다 숨넘어가겠어요, 형."

아이들이 몸을 꼬며 안달했다.

"어느 날 막동이는 사람들이 지나가는 길목에 슬그머니 납
조각을 떨구고는 멀찍이 떨어져 몸을 숨겼지. 이제나저제나
어리숙한 사람이 줍기를 기다리면서 말이야. 때마침 봇짐이
두둑해 보이는 시골 양반이 나타났어. 시골 양반은 길바닥에
떨어진 납 조각을 냅다 주워 들고는 주위를 둘레둘레 살피더
니 봇짐 속에 냉큼 집어넣는 거야."

아이들이 숨소리를 죽였다.

"바로 그때 막동이가 헐레벌떡 시골 양반에게 달려갔어. 그
리고 가쁜 숨을 몰아쉬며 이렇게 말했지. '이보시오! 내가 값
비싼 은 조각을 길에서 잃어버렸는데 혹시 보지 못했소? 만약
그걸 주운 사람이 있다면 내가 크게 사례할 텐데.'"

수한이 말을 끊고 받은 숨을 몰아쉬었다.

"그건 납 조각이었잖아요?"

한 아이가 고개를 갸웃하며 물었다.

수한은 그 아이를 찬찬히 보며 이야기를 이어 갔다.

"그게 납 조각인 줄 꿈에도 몰랐던 시골 양반은 시치미를

뚝 떼었지만 속으로는 뜨끔했지. 자칫하다가는 도둑으로 몰릴 판이었거든. 시골 양반이 곰곰 따져 보니 아주 밑지는 장사는 아닌 거야. 사색이 되다시피 한 막동이가 후한 사례금까지 주겠다고 하니 말이야. 봇짐 안에 든 은 조각은 공짜로 얻었고 잘하면 사례금이 생기는 거였거든. 시골 양반은 얼른 납 조각을 내밀면서 아주 젠체하며 말했어.

'이걸 내가 방금 이 근처에서 주웠는데, 혹시 노형 것이 맞소?'

'맞소. 참으로 고맙소. 그런데 이를 어쩐다?'

막동이가 시골 양반을 보며 아주 난처한 표정을 지었지."

수한은 말을 끊고 앞에 앉은 갑수를 뚫어져라 바라보았다. 아까부터 연신 입을 오물댔기 때문이었다.

"납 조각을 다시 돌려받으면 어떡해. 사례금은 뭐로 주려고?"

갑수가 얼굴을 찡그렸다.

"막동이가 혀를 차며 말했어. '이 귀한 걸 찾아 주었으니 사례를 해야 할 텐데, 수중에 가진 돈이 없으니 이를 어쩐다.'

뭔 일인가 싶어 사람들이 하나둘 모여들기 시작했어. 그중에는 막동이를 따라다니는 패거리도 끼어 있었지.

'만약 이 사람이 돌려주지 않고 꿀꺽했으면 당신은 엄청 손해를 봤을 거 아니우?'

사람들 중 하나가 말했어. 그 사람도 막동이 패거리였지. 지나가던 사람인 척하며 바람을 잡은 거야.

'맞소. 이 사람은 참으로 양심적이고 의로운 사람이오. 나
같으면 그 은 조각을 다 주어도 절대 아깝지 않을 것 같소.'

또 다른 패거리 하나가 시골 양반 편을 들었어.

'허허, 난들 왜 그러고 싶지 않겠소? 지금 수중에 돈이 없어
서 사례를 할 수 없다지 않소?'

막동이는 어쩔 줄 몰라 하며 얼굴까지 붉혔지."

수한이 얼굴을 찌푸리자 아이들도 따라 얼굴을 찡그렸다.

"그 은 조각을 팔아서 나눠 주면 될 텐데."

내내 고개를 끄덕이던 갑수가 잘난 척하며 나섰다.

"아이고, 이 멍청이! 그게 은 조각이 아니라 납 조각이니까
그렇지."

옆에 앉은 아이가 갑수의 머리통을 후려쳤다. 갑수가 코를
훌쩍거리며 울먹울먹했다. 수한은 갑수의 머리를 가만히 쓰다
듬었다.

"그러니까 얘기에 끼어들지 않았으면 맞을 일도 없잖아?"

옆의 아이가 눈을 껌벅댔다. 수한은 다시 이야기를 이어 나
갔다.

"그때 패거리 가운데 한 사람이 이러는 거야.

'그럼 은 조각은 이 사람이 갖고 막동이에게 절반 값을 내
주면 되지 않겠소?'

그 말에 시골 양반은 재빨리 머리를 굴렸지. 가만 생각해 보니, 은값의 절반을 주더라도 절반은 번 셈이니 그리 손해 보는 것 같지 않은 거야.

'이 은 조각이 대체 몇 냥이나 되오?'

시골 양반이 속내를 숨기며 떨떠름한 투로 물었어.

'백 냥이오.'

막동이는 크게 손해라도 보는 것처럼 인상을 썼어.

'그럼 오십 냥을 내주면 되겠군.'

시골 양반은 막동이 뭐라 말할 새도 없이 얼른 전대에서 오십 냥을 꺼내 주었지."

"어이구, 바보……! 나중에 납 조각이라는 사실을 알게 되면……, 크크크."

아이들이 어깨를 들썩이며 킬킬댔다.

"그러니까 한양 사람들이 눈 뜨고 있는 시골 사람 코 베어 간다잖아."

"거참, 대단한 놈일세."

"대단하긴 뭐가 대단해. 그래 봐야 사기꾼이지."

"남의 주머니에 들어 있는 돈을 빼내기가 어디 쉽소? 두들겨 팬 것도 아니고 몇 마디 씨부렁거려서 빼냈으니 대단하다는 거지."

"대단한 게 아니라 간 큰 놈이지. 에이, 나쁜 놈! 시골 양반만 불쌍하게 됐구먼."

둘러서 있던 어른들이 저마다 핏대를 세우며 떠들었다.

"막동이만 나쁘다고 할 수 없지요. 시골 양반도 오십 냥을 거저 얻고 싶어 욕심을 부렸으니 당연히 그만한 대가를 치러야 하지 않나요?"

언제 왔는지 이선이 아이들 틈에서 환하게 웃고 있었다.

"못 보던 처자일세? 전기수 양반 애인인가?"

어른들이 수한과 이선을 번갈아 보며 쑥덕거렸다. 이선이 금방 새치름해졌다.

"얘들아, 이런 얘기 말고 집 없는 아이가 엄마 찾아가는 이야기 같은 거 듣고 싶지 않니?"

이선이 엉뚱한 말을 꺼냈다.

"진짜 엄마를 찾을 수 있단 말이에요?"

"난 엄마 얼굴도 모르는데, 그래도 찾을 수 있어요?"

아이들의 목소리가 잔뜩 들떠 있었다. 아이들이 이선을 에워쌌다. 청계천 아이들 대부분은 버려지거나 엄마를 몰랐다. 수한조차 엄마 이야기를 하는 건 늘 조심스러웠다. 『장화홍련』이나 『콩쥐팥쥐』 같은 이야기를 할 때도 마찬가지였다. 그런데 불쑥 나타나 엄마를 찾아가는 이야기니 뭐니 하며 아이들을 꼬드기는 이선이 못마땅했다. 이선은 경쾌한 구두 소리를 내며 수한에게로 다가섰다.

"흠흠, 그 이야기도 나중에 이 형이 들려줄 거야. 그렇지?"

이선이 수한에게 눈을 찡긋거렸다.

"나중에 언제 오면 되는데요?"

아이들은 수한의 눈치를 살피며 주위를 맴돌았다.

"오늘은 안 돼. 누나랑 어디 갈 데가 있거든."

이선이 나서자 그제야 아이들은 어깨를 떨구고 자리를 떴다.

"오늘은 내가 너한테 점심 사 주려고 하는데, 어때?"

수한은 멀뚱한 얼굴로 이선을 올려다보았다.

"내가 왜 점심을 얻어먹어야 하는데?"

수한은 남의 이야기에 끼어들더니 이제는 점심을 사겠다고 나서는 이선이 성가시게만 여겨졌다.

"보아하니 점심도 거른 것 같고 부탁할 것도 좀 있고 해서 말이야."

생각지도 못한 선심이었다. 수한은 책 보따리에서 책 한 권을 꺼내 들었다. 글씨가 눈에 들어올 리 없었다. 이상하게 가슴이 뛰었다. 책 너머로 이선의 반짝거리는 구두코가 보였다.

"아까부터 너를 유심히 지켜보는 사람이 있던데, 알고 있어?"

수한은 못 들은 척 책장만 뒤적거렸다.

"저기, 저기…… 저 사람인데."

이선이 손끝으로 한 곳을 가리켰다. 나무 그늘에서 막 등을 돌리는 한 사내가 수한의 눈에 들어왔다. 뒷모습이 왠지 낯익었다. 까만 줄무늬 양복에 백구두, 황금빛 지팡이. 광통교에는 어울리지 않는 차림새였다.

수한은 재빨리 자리를 털고 일어났다. 사내가 더 멀리 가기 전에 따져 볼 양이었다.

"갑수야, 책 보따리 좀 잠깐만 지키고 있어. 금방 다녀올 테니까."

수한은 아이들 틈을 헤집고 사내가 사라진 쪽으로 부리나케 달려갔다.

"어디 가는데?"

이선이 수한의 뒤에서 소리쳤다.

수한은 징검다리를 건너 청계천 변을 빠르게 걸었다. 금방 따라잡을 수 있을 것 같았다. 사내는 누가 따라오는 걸 알기라도 하는 듯 걸음을 조금씩 늦췄다가 빨리 했다 되풀이했다.

사내는 종로 네거리를 지나 사람들 사이로 섞여 들어갔다. 수한은 멀찌감치 떨어져 걸으며 사내의 뒤꼭지를 놓치지 않으려고 눈에 힘을 주었다. 손님을 태우러 가는 인력거꾼 몇이 거친 숨소리를 내며 지나갔다. 말 탄 순사들도 드문드문 보였다.

2층짜리 목조 건물이 눈에 들어왔다. 단성사였다. 사내는 멈칫 서서는 흘끔 뒤를 돌아보았다. 수한은 얼른 손차양을 만들며 주위를 두리번거렸다. 사내는 맥고모자를 벗었다가 다시

썼다.

수한은 사내의 뒤를 쫓아 단성사 뒷문으로 들어갔다. 대낮인데도 극장 안은 그리 밝지 않았다. 벽에 뚫린 둥근 유리창으로 들어오는 햇빛이 바닥에 길게 드리워 있었다. 마치 동굴속에 들어선 것처럼 등이 서늘했다. 계단을 내려가자 사무실이라는 푯말이 보였다. 수한은 멈칫했다. 어디선가 장구 소리와 사람들 말소리가 뒤섞여 들려왔다. 극단 사람들이 막간 공연을 연습하는 모양이었다.

"손님이 오셨으니 모시고 들어오게."

열린 문틈으로 중년 사내의 목소리가 들렸다.

수한은 주위를 둘러보았다.

그때 문이 비걱 열렸다. 이십대 후반쯤으로 보이는 작달막한 사내가 목을 빼고 말했다.

"변사 어른이 들어오라신다."

신경질 섞인 목소리였다. 수한은 숨을 고른 뒤 허리를 반듯하게 세웠다. 주눅 들 이유가 없었다. 자기를 훔쳐보고 여기까지 오게 한 사람은 저 방 안에 있는 낯선 사내였다.

사내는 책상을 뒤로하고 등을 보인 채 의자에 앉아 있었다. 인기척을 들었는지 사내가 의자를 빙그르르 돌렸다.

"자네가 도출 수하에 있는 수한이 맞지?"

포마드 기름으로 옆머리를 바짝 붙인, 얍삽해 보이는 얼굴이었다. 사내는 뾰족한 턱을 치켜들고 먹잇감을 노리는 매처

113

럼 눈을 희번덕거렸다.

"이분은 단성사가 자랑하는 최고의 변사 최한기 어른이시다. 얼른 인사드려라."

옆에서 허리를 조아리던 사내가 수한에게 명령하듯 말했다. 최한기. 단성사 최고의 변사. 이렇게 가까이에서 얼굴을 본 건 처음이었다. 얼마 전까지만 해도 그는 우미관에 있었다. 그는 전에 받던 월급을 배로 올려 주고, 주임 변사라는 직책까지 약속받고 이곳으로 옮겨 왔다. 극장 안에서도 바깥에서도 꽤나 유명해서 그런지 거드름이 몸에 배어 있었다.

"무슨 연유로 저를 몰래 훔쳐보고 그러십니까?"

수한의 말소리가 떨려 나왔다. 한기는 대답 대신 희미하게 웃었다.

"전기수 일은 할 만하냐?"

마치 어제 본 사람을 대하는 것처럼 친근한 말투였다.

"허세 부리지 않아도 된다. 나도 한때 전기수였던 사람이니 네 처지를 아주 모른다 할 수는 없지."

수한은 속을 알 수 없는 한기의 웃음이 자꾸 마음에 걸렸다.

"넌 변사 될 생각이 없냐? 내가 다리도 놓아 주고, 힘이 되어 줄 수 있는데."

한기가 슬쩍 떠보듯 했다. 수한은 벽에 걸린 일장기를 쳐다볼 뿐 아무 말도 하지 않았다.

"경성에만 극장이 몇 개인 줄 아느냐? 극장마다 문전성시를

114

이루는데, 극장이 자꾸 생기니 앞으로 어떻게 되겠느냐?"

한기는 책상 앞으로 바짝 몸을 내밀었다. 수한의 대답 따위는 신경 쓰지 않겠다는 투였다.

"그러다 보니 극장주들이 쓸 만한 변사 찾느라 눈에 불을 켜고 있지. 하루에도 서너 명이 변사 하겠다고 찾아오지만 쓸 만한 변사를 찾기가 쉽진 않아."

한기는 마치 요전법이라도 쓰는 것처럼 한 구절 한 구절 끊어 가며 말을 이었다. 수한은 입술을 깨물었다.

"사람에게는 다 때가 있는 법이다. 그걸 놓치면 평생을 후회 속에 살게 되는 거고. 이런 험한 세상에서 살아남으려면 세상의 바람을 잘 타야 하는 거야. 돈도 명예도 다 거기서 나오는 거다. 지금 바람은 무성영화지, 전기수가 아니다."

자기 자랑이나 늘어놓자고 수한을 여기까지 오게 했을 리 만무했다. 그럼 도대체 무슨 말을 하려고 이렇게 서두가 긴 것일까? 수한은 장님 코끼리 만지듯 한기의 말 한 마디 한 마디를 곱씹었다.

"많이 궁금할 테지? 이런 얘기를 늘어놓는 이유도, 광통교까지 너를 보러 간 이유도?"

수한은 제 속을 들키지 않으려고 눈에 힘을 주었다. 눈자위가 뻐근했다.

"얼마 전 네 동무라며 동진이라는 아이가 찾아왔더구나. 변사가 되고 싶다더군."

벌써 알고 있는 이야기라 새삼스럽지도 않았다.

"그 아이는 돈을 벌고 싶다더군. 전기수 일로는 돈을 벌 수 없으니 그러겠지. 그 아이가 무슨 일로 돈이 필요한지는 알고 싶지 않지만, 의기만은 높이 살 만했네."

동진은 분명 한기 앞에서 자신의 모든 것을 보여 주려고 애썼을 것이다. 몇 달을 쫓아다니며 간신히 부여잡은 기회였을 테니까. 입안에 쓴침이 고였다.

"너도 돈을 많이 벌고 싶지 않니? 네 어미의 약값에 보탤 수 있을 테고. 아니, 돈을 많이 벌면 아예 경성에서 살림을 합칠 수도 있지. 어떠냐, 내 수하에 들어오는 것이?"

한기는 수한의 처지를 다 알고 있는 것처럼 호기를 부렸다.

'돈이 필요한 것도 사실이고 사내대장부로 이름도 얻고 싶지 않다면 거짓말이겠지요? 하지만 전 변사보다는 전기수인 지금이 좋습니다.'

수한은 머릿속에 맴도는 말을 하지 못했다. 한기는 수한의 속마음을 제 손바닥 들여다보듯 했다. 외가에서 눈칫밥 먹으며 하루하루를 보내고 있을 어머니와 누이를 생각하면 명치 끝이 아리고 눈물이 핑그르르 돌았다. 수한은 얼른 고개를 숙였다.

"세월이 바뀌고 세상도 달라졌으니, 사람들이 원하는 것도 달라지게 마련이지. 왜 극장 앞에 사람들이 줄을 서겠나? 이유 따위는 없어. 그게 원하는 거니까. 그러니 사람들이 원하는

116

이야기를 들려주는 것도 진짜 이야기꾼이 지녀야 할 덕목이지. 안 그런가?"

한기의 말은 사탕처럼 달콤하고도 은근했다.

"난 아무나 만나 주는 그런 사람 아니다. 나한테는 너처럼 이야기를 잘하는 아이가 필요하다. 네가 내 사람이 되어 준다면 너를 장안 최고의 변사로 만들어 줄 수도 있고, 평생 떵떵거리며 살 수 있게 뒤를 봐줄 수도 있다. 난 힘 있는 사람이야. 너는 늘 하던 대로 사람들이 원하는 이야기를 해 주면 되는 거다. 활동사진 장면에 맞춰 이야기를 보태는 거니 너한테는 식은 죽 먹기보다 쉬운 일일 테고."

한기는 마치 대본을 읽어 내려가듯 했다. 수한은 왜 하고많은 전기수들 중에 자기를 원하는 건지 이해할 수 없었다. 도출 때문일지도 모른다는 생각이 얼핏 들었다. 도출에게 밀려서 늘 이인자일 수밖에 없었던 자신의 불운을 그런 식으로 보상받고 싶어서일까?

"내 인생을 변사로 끝내지는 않을 거다. 나는 내 이름을 내건 영화관을 가질 거야. 내가 사장이 되고 네가 장안 제일의 변사가 되면, 조선 사람 일본 사람 가리지 않고 극장 앞에 줄을 설 테지. 어때, 솔깃하지 않나?"

한기의 입가에 웃음이 번졌다.

"저는 아무리 세상이 바뀌어도 사라지지 않는 그런 이야기가 있다는 스승님의 말씀을 믿습니다."

수한은 힘을 주어 또박또박 말했다.

"세상에 그런 이야기는 없다. 그건 조선이 일본 제국이 된 것만큼이나 확실하다. 인생을 더 산 선배로서 충고 하나 해주지. 세월을 앞서지 못하면 적어도 맞춰서는 살아야 하는 법이다."

한기는 그 말을 하면서 손가락으로 대본을 톡톡 두들겼다.

"네 스승도 세월을 거스를 수는 없을 거다. 조만간 네 스승이 제 발로 극장을 찾아올 테니 두고 봐라."

한기는 장담하듯 잘라 말했다.

'스승님은 절대 그럴 리가 없습니다.'

수한은 한기를 쏘아보았다. 스승에 대한 믿음을 굳이 말로 내뱉을 필요는 없다 싶었다. 그건 혀가 아니라 가슴이 시키는 말이었다. 한기는 수한을 흘낏 보고는 빙그르르 의자를 돌렸다. 수한은 한기의 등을 한참이나 노려보았다.

"넌 도대체 어디를 싸돌아다니다 온 거야? 갑수가 책 보따리를 가지고 왔더라."

장생이 수한을 보자마자 잔소리를 늘어놓았다. 방 한쪽에 수한의 책 보따리가 놓여 있었다.

"그냥 여기저기."

수한은 벽에 비스듬히 몸을 기대고 눈을 감았다. 수한을 흘금 보고 나서 장생은 늘 하던 대로 책 표지를 마른 수건으로 꾹꾹 눌렀다.

"돈과 의리 중에 뭐가 더 중요할까?"

수한은 스스로에게 묻듯 나지막이 중얼거렸다.

"밑도 끝도 없이 뭔 소리야?"

"내가 변사 하겠다고 하면……."

"뭐? 진짜 변사 할 생각이 있는 거야?"

장생이 눈을 동그랗게 뜨고 수한에게 바짝 다가앉았다.

"만약에 그렇다는 거지. 그러면 스승님이 섭섭해하시겠지?"

"의리를 따르자니 돈이 울고, 돈을 따르자니 의리 없는 인간말짜 되고. 그것참 어려운 문제네."

수한의 표정을 살피며 장생은 혼잣말처럼 웅얼거렸다.

"옛날엔 의리니 사람 도리니 그딴 거보다 배만 안 곯으면 된다 싶었는데, 요즘은 사람 도리가 먼저라는 생각이 들긴 해. 돈은 돌고 돌아서 돈이라며? 돌다돌다 언젠가 갈 데 없으면 나한테도 오겠다 싶거든. 그래도 신물 난 시래깃국 생각하면 돈이 더 중한 것도 같고……. 에라, 나도 모르겠다."

투덜대던 장생은 방바닥에 길게 드러누웠다.

수한은 답답해서 마당으로 나갔다. 저고리 섶으로 파고드는 밤바람이 눅진했다. 쪽마루에 앉아 밤하늘을 올려다보았다. 구름 사이로 반달이 고개를 내밀었다. 별들이 남쪽으로 흐르고 있었다. 저 별이 닿는 곳에 어머니와 누이가 있다.

"네가 전기수 일을 한다고 했을 때 무척이나 고맙고 대견스러웠지. 넌 어릴 때부터 밥보다 책을 더 좋아했어. 네가 읽어 주는 이야기책은 지금 생각해도 얼마나 재미났는지 몰라. 경성에는 책이 많은 게 얼마나 다행이냐?"

처음 어머니를 보러 외가에 갔을 때 어머니는 수한의 손을 잡고 이렇게 말했다.

어머니가 보고 싶었다. 어머니와 누이와 함께 살 수 있는 날이 오기나 할는지. 수한의 입에서 절로 한숨이 나왔다.

한기의 말처럼 세상에는 새로운 바람이 불고 있었다. 한기가 새바람에 몸을 맡기고 있다면, 도출은 그 거센 바람을 온몸으로 견디고 있는 것 아닐까?

수한은 이런저런 생각에 한참이나 마당을 서성였다.

8장

마음 정하면 다시 찾아오라는 한기의 말이 이따금 귓가에
맴돌았다. 잠자리에 누워서도, 닫혀 있는 도출의 방문을 볼 때
도, 그 말은 환청처럼 따라다녔다. 기를 쓰면 쓸수록 더 헤어
나기 힘든 진흙 수렁 속에 빠진 기분이었다.

날씨가 따뜻해서 청계천으로 나들이 나오는 사람들도 점점
늘었다. 예전 같으면 점심 걱정 안 하고 신바람이 나서 요전
법을 쓸 때였다. 수한은 복잡한 생각을 털어 내려고 이야기에
더 집중했다. 자기 이야기에 웃고 울고 환호하는 사람들을 보
면 가끔 미안한 생각이 들기도 했다.

사람들은 청계천을 어슬렁거리다가 어스름이 내리면 다들
종로나 남대문 쪽으로 갔다. 새로 들어온 무성영화가 걸린 극
장 간판이라도 먼발치에서 보려고 그랬다. 그럴 때면 세상 사

람들이 원하는 이야기는 광통교가 아니라 종로 극장가에 있는 게 아닐까 하는 의문이 들었다.

이야기로 사람들의 마음을 붙잡을 수 없는 자신이 한없이 초라하게 느껴졌다. 수한은 발끝에 차이는 돌부리를 잔뜩 노려보았다. 눈에 걸리는 무엇이든 걷어차지 않으면 불뚝대는 마음을 가라앉힐 수 없었다.

집에 거의 다 왔을 때였다. 동진이 골목에서 갑자기 튀어나오며 수한을 덮쳤다.

"너 한기 어른을 찾아갔었다며?"

동진은 다짜고짜 수한의 팔을 낚아채고는 담벼락으로 몰아세웠다.

"나한테는 절대 변사 될 생각이 없다더니, 그게 다 빈말이었나 보지? 나는 너랑 다시는 엮이고 싶지 않으니까 그 어른 앞에 얼쩡거리지 마라."

동진이 팔에 잔뜩 힘을 주었다. 가슴께가 뻐근했다.

"알려면 제대로 알고 따지든지 해. 내가 찾아간 게 아니라 그 어른이 나를 찾아온 거였다고."

수한은 동진을 세차게 밀쳐 냈다.

"그게 말이 되냐? 이젠 거짓말까지 하네."

"거짓말 아냐. 그리고 너, 그 어른한테 나에 대해 미주알고주알 떠들어 댔더구나."

수한의 말에 동진이 슬그머니 팔에서 힘을 뺐다.

"미주알고주알은 무슨. 그냥 스승님 집에 누구누구 있냐고 물어보길래 몇 마디 했을 뿐인데."

동진이 말끝을 흐지부지했다. 당장 목이라도 조를 것 같던 기세는 온데간데없었다.

"너랑 엮이고 싶지 않다는 내 말 허투루 듣지 마라. 나중에라도 한기 어른 만나면 딱 부러지게 얘기해. 절대 변사 할 생각 없다고."

동진은 수한이 앞으로 바싹 얼굴을 들이밀었다. 입에서 들쩍지근한 냄새가 풍겼다.

"그런 일은 없을 테니 걱정 마라. 그런데 저번에 스승님한테는 내 앞길 막지 말라 하고, 지금은 엮이고 싶지 않다 하고……. 도대체 진짜 네 속은 뭐냐?"

수한은 돌아서는 동진의 등에 대고 소리쳤다.

"그건, 넌 절대 스승님을 배반할 놈이 아니니까."

"알았어. 나도 오늘 여기서 너 봤다는 얘기 하지 않을 테니, 너도 그 어른한테 내 얘기 하지 마라."

동진은 짐 보따리를 가뿐하게 어깨에 짊어졌다. 갈 길을 찾은 사람에게서만 보이는 가벼움이었다. 수한은 동진의 뒷모습을 우두커니 지켜보았다. 먼지바람이 횡하니 막다른 골목을 빠져나갔다.

"너 동진이 봤어?"

장생이 마루에서 뛰어 내려왔다.

"아니. 여기 왔었어?"

수한은 멀뚱하게 되물었다.

"동진이 짐 싸 들고 아주 나갔다. 스승님께 한 마디 말도 없이 말이야. 배은망덕한 놈. 동진이 맨날 단성사에 들락거린다던데?"

"그래?"

"변사가 되려고 단단히 마음먹은 모양이야. 하긴 그 성격에 돈 나올 구멍도 없는 이런 데 붙어 있을 리가 없지. 약삭빠른 놈이잖아."

수한에게 한기 옆에 얼씬거리지 말라고 쐐기를 박던 동진이었다. 처음부터 돈을 벌겠다고 전기수가 된 동진이니, 변사가 되려고 하는 것도 똑같은 이유일 터였다. 수한은 스승과의 의리를 들먹이긴 했지만, 그게 진짜 마음이기나 한 건지 스스로를 믿을 수 없었다. 앞뒤 눈치 살피지 않고 제 갈 길을 가는 동진이 부러울 때도 많았다.

도출의 방은 여전히 굳게 닫혀 있었다.

"스승님, 저 수한입니다."

안에서는 아무 기척도 없었다.

망설이던 수한은 조심스럽게 댓돌 위로 올라섰다.

방 안은 발 디딜 틈 없이 너저분했다. 구겨진 종이와 여기

저기 널브러진 책으로 어디 한 군데 말끔한 구석이 없었다. 인기척에 도출은 벽 쪽으로 돌아누웠다.

"혹시 어디 편찮으신 데라도……?"

"괜찮다. 그냥 마음이 좀 복잡해서 그런다."

수한은 도출의 등을 말없이 건너다보았다. 며칠째 감지 않은 머리카락은 제멋대로 엉켜 붙어 있었다. 모든 일에서 손을 놓은 듯한 무기력한 도출의 모습이 몹시 낯설었다. 도출은 바깥나들이 때면 늘 주름 하나 없이 두루마기까지 말끔히 차려입고 책 더미에 먼지가 앉는 걸 두고 보지 못할 만큼 까탈스러웠다.

"광통교에서 오는 길이냐?"

힘이 하나도 없는 공허한 목소리였다. 수한은 한기가 광통교에 찾아왔고, 그를 쫓다가 단성사까지 갔던 일을 차마 말할 수 없었다.

"네, 사람이 많이 줄었어요. 잊지 않고 찾아와 주는 것만도 고맙지요."

도출의 등이 움칠했다. 수한은 구겨진 종이를 펼쳐 보았다. 한글과 한문이 뒤섞인 글자들이 종이 반 장쯤 적혀 있었다.

"수한아, 무슨 이야기를 해 주느냐가 더 중요하다."

말도 채 끝내지 못하고 도출은 밭은기침을 쏟아 냈다. 수한은 구겨진 종이를 손으로 펴서 반듯하게 개켰다.

아침부터 장대비가 퍼부었다. 수한은 마루에 걸터앉아 처마 밑에 구멍을 내며 떨어지는 낙숫물을 멍하니 바라보았다.

"외출 좀 할 테니 저녁은 따로 상 볼 필요 없다."

"아침은 어떻게 하시려구요?"

부엌에서 뛰쳐나오며 장생이 물었지만 도출은 말없이 문을 나섰다.

아침상을 물리자마자 장생은 천도교 회관에나 가 봐야겠다며 나갔다. 수한은 비가 그치기를 기다렸다 털레털레 길을 나섰다. 수한도 천도교 회관에 가 볼 요량이었다. 방정환이라는 사람이 들려주는 이야기를 듣고 싶었다. 얼굴이라도 마주치면 진짜 이야기가 무엇인지 물어볼 작정이었다.

비 온 뒤라 길은 온통 진흙탕이었다. 한 발짝도 떼기 힘들 만큼 진흙이 고무신 밑에 덕지덕지 달라붙었다. 땅 밑에서 누가 발을 잡아끄는 것처럼 끈덕졌다.

수한은 일부러 단성사 쪽을 피해 걸었다. 천도교 회관의 닫힌 문을 보자 수한은 차라리 잘됐다 싶었다.

청계천 물도 불었는지 흙탕물이 넘실대고 있었다. 비를 머금은 버드나무 잎들이 마냥 푸르렀다. 늘 사람들이 옹기종기 모여들던 광통교 아래에는 개미 새끼 한 마리 보이지 않았다.

수한은 느릿느릿 골목으로 들어섰다. 유리문에 붉은색으로 쓴 '책방'이라는 글자들이 하나둘 눈에 들어왔다. 이 동네 책방에서 서양 동화책을 팔 거라고 한 이선의 말이 떠올랐다.

수한은 한 책방의 유리문을 밀었다.

"어서 오십시오."

책방 주인인 듯한 서른 중반의 사내가 싹싹하게 인사를 건넸다.

수한은 처음 보는 광경에 눈이 휘둥그레졌다. 족히 수백 권은 될 듯한 책들이 벽에 맞춰 세운 책장을 가득 채우고 있었다. 책방 중앙에 평상처럼 놓인 넓은 판매대 위에도 책들이 철 만난 생선들처럼 가지런히 놓여 있었다.

"혹시 찾는 책이라도 있는가?"

사다리 위에 올라서 있던 주인이 수한을 보고 물었다.

"아, 아뇨. 한번 둘러봐도 되지요?"

"동화책이나 뭐 그런 거 찾는 거 아니냐? 그 책들이라면 저기 구석 쪽에 있을 거다."

서양 사람들이 보는 이야기책은 어떤 걸까? 괜히 가슴이 설렜다. 동화책들은 겉표지에 그림까지 그려져 있었다. 처음 무성영화를 보았을 때처럼 놀랍고 신기했다.

그때 유리문이 열렸다.

"아저씨, 저 왔어요."

출입구로 눈을 돌리던 수한은 흠칫하며 몸을 돌렸다. 이선이었다.

"지난번에 제가 부탁한 책 들어왔어요?"

"아, 그게 아직……. 이번 주 안에는 들어올 것 같긴 한데.

어쩌지요?"

수한은 자기와 비슷한 또래의 이선에게는 말을 높이는 주인이 거슬렸다. 수한이 차려입은 꼴이 책을 살 것 같지 않으니까 일부러 하대하는 것 같았다.

"아저씨도 참……. 제가 그렇게 부탁드렸는데, 혹시 빼먹고 주문하신 거 아니에요?"

이선이 주인에게 따지듯 물었다.

"그럴 리가 있겠어요? 단골손님 부탁인데 소홀히 할 리가 없지요. 새로 들어온 책이 많으니 한번 보실래요?"

주인이 허둥지둥 말을 돌렸다.

"그러죠, 뭐. 비가 와서 약속도 어찌 될지 모르고……. 그럼 좀 둘러볼게요."

이선은 우산을 문턱에 걸쳐 놓고 책방 안쪽으로 들어섰다.

"어머, 이게 누구야? 이런 데서 너를 만나다니 별일이다. 어쨌든 반갑네."

이선의 얼굴이 환해졌다. 수한은 못 본 척 책장 쪽을 두리번거렸다.

"저번에 내가 얘기한 책 사러 왔니?"

이선이 눈을 흡뜨며 깔깔댔다. 수한은 아궁이 앞에 있는 것처럼 얼굴이 화끈거렸다.

"그게 아니라…… 어쩌다 보니 오게 된 거야."

책 구경이야 경성 사람이라면 누구나 할 수 있는 일이지 않

128

은가. 수한은 쓸데없이 변명을 주절주절 늘어놓는 자신에게 짜증이 났다.

"너 그날 누굴 그렇게 쫓아간 거니?"

이선이 주인 쪽을 힐끔 보고는 목소리를 낮췄다. 수한은 못 들은 척 책만 뒤적였다.

"어, 이 책이야! 내가 너한테 보라고 한 책 말이야."

이선이 호들갑을 떨며 판매대에서 책 한 권을 집어 들었다. 표지에 쓰여 있는 『사랑의 선물』이라는 제목이 눈에 들어왔다.

"동화책 읽어 준다던 방정환 선생님이 펴내신 책이야. 선생님은 청년들을 선동해 일제에 반대하는 운동을 벌였다고 종로 경찰서에 갇히신 적이 있거든. 풀려나자마자 선생님은 바로 일본으로 가셨대. 거기에서 본 세계 명작 열 편을 우리말로 번역해서 책을 내셨어. 아마 우리나라에서 처음 나온 동화책일 거야."

이선은 방정환이라는 사람에 대해 모르는 게 없어 보였다.

"그럼 각각 다른 이야기가 열 편 실린 거구나."

수한은 자기도 모르게 중얼거렸다. 책 이야기라면 무심히 지나치지 못하는 수한이었다.

"그렇지. 어디 보자……."

이선은 책장을 넘겨 차례가 있는 쪽을 펼쳤다.

"음, 이건 알겠다. 행복한 왕자. 미국 사람이 쓴 동화인데,

행복한 왕자라고 불리는 동상이 제비에게 부탁해서 자기 몸에 박힌 보석들을 가난한 이웃 사람들에게 나눠 준다는 내용이야. 잠자는 공주, 이것도 아는 이야기야. 못된 왕비의 꼬임에 넘어가 백 년 동안 잠에 빠진 공주가 있었는데, 이웃 나라용감한 왕자가 찾아와서 입을 맞춘 덕분에……."

이선의 얼굴이 수줍게 달아올랐다. 이선답지 않았다. 수한은 이선이 민망해할까 싶어 책장 쪽으로 고개를 돌렸다.

"아저씨, 이 책 싸 주세요."

이선의 부름에 주인이 금방 달려왔다.

"너한테 주는 선물이야."

계산을 마친 이선이 불쑥 수한에게 책을 내밀었다.

"왜 나한테 사 주는 건데?"

수한은 얼떨떨한 얼굴로 뒷걸음질을 쳤다.

"귀여워서."

"뭐?"

수한의 이마에 잔주름이 잡혔다. 귀엽다니. 그런 말은 까불대는 서너 살 아이한테나 하는 말 아닌가. 또래 여자한테서어린애 취급을 받다니. 수한은 놀림을 당한 것처럼 언짢았다.

"아, 미안 미안. 그게 아니라 네가 읽으면 좋을 것 같아서. 너도 방정환 선생님처럼 글을 지어 보면 어떨까?"

이선은 이렇게 둘러대며 수한에게 강제로 책을 안겼다.

"나한테 고마운 생각이 조금이라도 들면, 어디 좀 같이 가자."

앞서 걷던 이선이 갑자기 뒤돌아서며 불쑥 말했다.

"고맙다는 생각이 들라 그랬는데 네 말 때문에 쏙 들어갔다."

툴툴대면서도 수한은 책을 꼭 그러쥐었다. 손바닥 안이 그득한 기분이었다. 다른 사람에게서 선물 받는 것도 처음이지만 수한이 가져 보는 첫 서양 이야기책이기도 했다.

"나랑 영화 보러 가자. 공짜 표가 생겼거든."

"뭐, 공짜 표?"

"영화에 돈을 댄 조선식산은행에서 공짜로 영화를 보여 준대. 식산은행을 많이 이용하라는 거지. 우리 아버지한테 온 건데……."

이선이 신이 나서 종알댔다. 아마 단단히 생색을 내려는 모양이었다. 수한도 공짜 표라는 말에 귀가 솔깃했다. 더구나 그 영화는 조선 사람이 만든 〈월하의 맹서〉였다.

"아까 무슨 약속이 있다고 그랬잖아?"

"그게 영화 보는 거였어. 책방에 들러서 책이 왔나 물어보고 가려고 했지. 그런데 비가 와서 그냥 집으로 가야 하나 어쩌나 그러던 참이었거든. 영화는 아마 두어 시간쯤 뒤에 시작할 거야."

이선이 해끔한 얼굴로 말했다.

"만나기로 한 사람이 있었던 건 아니고?"

"있었지. 바로 너. 아무튼 극장 같이 가는 거다. 여자 혼자 가면 위험하니까 오빠가 너랑 같이 가라고 신신당부했단 말이야. 오빠한테는 우미관 간다고 둘러댔거든."

이선이 어울리지 않게 코맹맹이 소리를 했다.

"그러다가 이상한 소문 나면 시집가기 힘들 텐데."

"흥! 남 걱정하지 말고 네 일이나 잘하셔."

이선은 콧소리를 내며 책방을 나섰다. 수한은 대여섯 걸음 떨어져 이선의 뒤를 따라갔다.

9장

단성사 2층 하얀 벽에는 〈월하의 맹서〉라는 간판이 걸려 있었다. 요즘 경성 사람들은 이 영화 얘기로 떠들썩했다. 영화 내용보다 영화에 나오는 열아홉 살 먹은 이월화라는 여주인공 얘기가 대부분이었다. 눈에 확 띄는 미모가 화제를 모으는 데 한몫했다. 물론 명월관 기생들도 어디 내놔도 손색없는 얼굴이었지만, 이월화에 견주면 어딘가 조금 빠지는 듯싶었다.

극장 앞에는 여느 때보다 나이 지긋한 어른들이 많이 보였다. 경성에서 방귀깨나 뀐다는 사람들일 게 뻔했다.

"신문마다 떠들어 대는 바로 그 영화야."

이선은 마치 자기가 여주인공이라도 되는 양 달뜬 목소리로 말했다.

〈월하의 맹서〉는 윤백남이 조선식산은행의 의뢰를 받아 만든 영화였다. 일본 유학 때 알고 지냈던 일본인 동창생 모리가 바로 식산은행 사장이었다. 수한은 저축 장려를 목적으로 만든 영화이니 눈물을 쏙 빼거나 배꼽 잡는 웃음을 안겨 주지는 않을 것 같다는 어림짐작을 했다. 일본인들은 영화를 통해 내선일체의 조선 통치 정책을 선전했다. 〈월하의 맹서〉도 그런 영화 중 하나였다.

수한은 단성사 사장이 참 대단하다 싶었다. 경성에 있는 영화관은 모두 일본인 소유였기 때문이다. 그가 단성사를 사들인 것은 5년 전이었다. 비록 극장 운영권만 있을 뿐이지만 어쨌든 조선 사람 이름으로 등록된 최초의 영화관이었다.

"여기 변사가 대단한가 봐. 이렇게 훌륭한 영화는 큰 극장에서 더 많은 조선인에게 보여 줘야 한다고 총독부를 설득했대."

이선이 다가서며 빠르게 말했다.

매표원이 곧 영화가 시작될 거라며 입장을 서두르라고 손짓했다. 이선이 급하게 수한의 손을 잡아끌었다.

"너, 영화관 처음이지?"

이선이 수한의 팔을 지그시 눌렀다. 수한은 얼떨결에 고개를 끄덕였다.

"그럴 줄 알았지만 좀 놀랍다. 전기수로 일하던 사람들 대부분이 변사가 됐다던데. 어째 여태까지 영화 한 편을 안 볼 수가 있어?"

고개를 갸웃거리는 이선의 얼굴에 볼우물이 살짝 팼다.

"안 그런 사람도 있어야지, 다들 변사 하겠다고 나서면 영화관이 미어터질 텐데."

수한은 남의 말 하듯 우물댔다. 동진이 변사를 하겠다고 한기를 쫓아다니는 사실을 이선은 알까? 하긴 남이나 다름없는 이복 남매이니 알고 싶어 하지 않을지도 몰랐다.

"얼른 자리 잡고 앉자."

이선이 조르듯 말했다.

한여름 매미가 울어 대는 것처럼 극장 안은 시끌벅적 소란스러웠다.

"잠깐 측간 좀 다녀올게."

수한은 갑자기 아랫도리가 묵직해지면서 소변이 몹시 마려웠다.

"아까 들어온 문으로 나가면 쭉 복도가 나 있고, 그 끄트머리쯤에 있을 거야. 빨리 갔다 와. 영화 시작하면 낭패잖아."

이선이 뿌루퉁한 얼굴로 말했다.

중간쯤 있는 출입구를 빠져나와 수한은 복도를 따라 걸었다. 바지춤을 추키는 남자들을 보니 그 뒤쪽 어디쯤 측간이 있는 모양이었다.

수한은 사람들 뒤로 가 줄을 섰다. 책방에 들르고 우연히 이선을 만나 여기까지 끌려오고⋯⋯. 정신 차릴 틈 없이 별스러운 일이 많은 하루였다.

"어, 수한이! 생각보다 일찍 찾아왔군."

측간을 나서던 한기가 수한을 보고 알은척을 했다. 뒤따라 나오던 동진의 얼굴에서 핏기가 싹 가셨다.

"얼른 소피 보고 사무실로 오게."

곁을 지나가며 한기가 수한의 어깨를 우악스럽게 잡았다. 동진의 왼쪽 뺨이 실룩거렸다.

"저번에 그렇게 길길이 날뛰더니, 오늘은 손수 납셨구먼."

동진이 말꼬리를 비틀며 빈정댔다. 수한은 뜨거운 솥뚜껑에 손이라도 닿은 듯 움찔했다. 어쩔 수 없이 따라왔을 뿐이라고 변명하고 싶지도 않았지만, 동진의 빈정거림은 정말 달갑지 않았다.

"변사라는 게 얼마나 대단한지 네 눈으로 똑똑히 봐라."

한기가 깜빡했다는 듯이 갑자기 뒤돌아서서 소리쳤다. 수한은 한기의 입가에 머무르는 기묘한 웃음이 자꾸만 뒷덜미를 낚아채는 것 같았다. 순간 총독부를 움직였다는 변사가 한기일지도 모르겠다는 생각이 들었다. 수한은 몸을 타고 흐르는 스멀스멀한 기운에 머리끝이 쭈뼛 섰다.

"빨리빨리……! 왜 그렇게 오래 걸렸어?"

수한은 뭉그적대며 엉덩이를 좌석에 걸쳤다. 극장 좌석 맨 뒤에 정복을 하고 서 있는 순사들이 보였다. 임석 경관이었다. 조선 사람이 많이 모이는 공연장이나 집회 장소마다 순사들이 지켰다. 질서 유지와 만약에 발생할지도 모를 소요를 미리 막겠다는 명목이었지만 눈 가리고 아웅이었다. 내선일체 어쩌고 하면서 불순분자를 바로바로 잡아들이겠다는 무언의 협박이었다.

"저 순사들 아무 힘도 없어."

이선이 입을 가리고 나지막이 말했다.

"얼마 전에 우미관에서 미국과 일본이 정구 시합하는 영화를 상영했거든. 그때도 저런 순사들이 객석 뒤쪽에 쫙 서 있었는데, 일본 선수가 이기는 장면에서는 가만있던 사람들이 미국 선수가 이기니까 와하고 함성을 지르지 뭐야. 순사들이 나서서 조용히 하라고 난리를 부렸지만 사람들은 콧방귀도 안 뀌는 거야. 진짜 웃기지? 나도 어쩐지 일본은 편들고 싶지 않더라."

이선이 어깨를 들썩이며 킥킥댔다. 수한은 자기도 그 자리에 있었으면 그랬을 것 같았다. 논을 사서 배를 아프게 하는 사촌이 아니라, 그들은 아버지의 산을 빼앗아 간 원수였고 어머니와 누이를 힘들게 만든 원흉이었다.

"어, 저기 저기……."

이선이 말을 더듬으며 맞은편을 가리켰다. 거기에는 진우와 홍연이 다정하게 서 있었다. 거리가 멀어서 자기를 알아볼 리 없었지만 수한은 몸을 움츠렸다.

"오빠랑 같이 있는 저 여자, 지난번 명월관에서 본 그 기생

137

맞지? 오빠는 어쩐 일로 여길 다 왔을까? 나중에 아는 척해야 해, 말아야 해? 아, 걱정이네."

"최 변사님이 명월관 단골이잖아. 홍연을 따라온 거겠지, 뭐."

수한이 어림짐작으로 말했다. 수한의 말에 이선이 도끼눈을 했다.

갑자기 불이 꺼졌다. 극장 안은 한 치 앞도 보이지 않는 암흑세계로 변했다. 수한은 허리를 곧추세웠다. 어둠 속에서 음악이 들렸다. 무대 앞에 앉아 있던 양악대가 연주하는 것이었다. 연주 소리가 점점 낮아지는가 싶더니 무대 오른쪽에서 변사가 보였다. 한기였다. 무릎까지 내려오는 날렵한 연미복을 차려입은 한기는 발을 들까부는 요상한 춤을 추며 무대 중앙으로 나왔다.

"저게 뻥뻥이춤이야. 전에 여기 단성사에 있던 변사가 처음 시작했는데, 요즘은 변사라면 너나없이 저 춤을 춘다니까. 남따라 하는 거 창피하지도 않나?"

수한도 전에 우미관에서 보긴 했었다.

"안녕하십니까? 잘 오셨습니다. 단성사 최고의 변사 최한기올습니다."

오른쪽 다리를 뒤로 쭉 들이밀며 한기가 관객들에게 인사했다.

"오늘 여러분께 보여 드릴 영화는 조선 사람이 처음으로 만

138

든 〈월하의 맹서〉입니다. 모던 뽀이는 항카치*를, 모던 껄은 옷소매를 흠뻑 적실 감동! 아, 기대하시라."

한기가 벽 쪽을 향해 손을 높이 들었다. 그러자 바로 천장에서 옥양목 천이 깃발을 드리우듯 천천히 내려왔다. 어둠 속에 영사기 돌아가는 기계음이 들려왔다. 무대 뒤쪽에서 쏜 전등불이 스크린을 비추었다. 한기는 다시 한 번 크게 절을 하고 무대 왼쪽으로 으스대며 걸어갔다. 작은 탁자 위에는 책상 전등이 놓여 있었다.

"아, 여기는 경성 변두리의 어느 조용한 동리. 새벽이면 닭이 울어 사람들의 잠을 깨우고 저녁이면 개가 짖어 마실 나온 사람들의 발걸음을 재촉하는 한적한 마을. 이 마을에 영득이라는 총각과 정순이라는 처녀가 있었으니, 그들은 집안에서 나서서 약혼을 시킨 사이였던 것이었다."

화면에는 시골 처녀가 바쁘게 어디로 걸어가는 장면이 나왔다. 수한은 스크린을 뚫어져라 쳐다보았다. 지난번 서양 영화에서 보았던 쇠당나귀라고 불리는 자동차도, 흰 옥양목 장막을 뚫고 뛰쳐나올 듯한 기차도 없었다. 밋밋한 장면에 한기의 사설이 재미를 더해 주었다.

이선은 스크린 안으로 빨려 들어간 것처럼 화면에서 눈을 떼지 않았다.

* 항카치 : '손수건'을 뜻하는 일본어.

"영득이는 경성에서 공부하고 돌아온 인텔리 청년이었으나 무엇이 못마땅하고 뒤틀렸는지 가사를 돌아보기는커녕 매일같이 주색잡기에 파묻히고 그로 인해 남부럽지 않던 가산을 모두 탕진하고 말았다. 약혼자 정순이는 기가 막히고 코가 막힐 수밖에 없었던 것이었다."

한기가 입을 다물었다. 극장 안은 영사기 돌아가는 소리로 가득 찼다.

"정순이 진짜 예쁘지? 여자인 내가 봐도 홀딱 반하겠다. 너도 저런 여자 마음에 있지?"

이선이 떠보듯이 툭 내뱉었다.

"내 보기에는 하나도 안 예쁘구먼. 명월관 기생들도 다 저만큼은 예뻐."

"마음은 안 그러면서 둘러대기는. 내 눈에는 오빠 옆에 있는 그 여자보다 훨씬 예쁜데, 뭐."

이선은 흥 하고 콧방귀를 뀌었다.

역시 한기는 최고의 변사였다. 별로 재미있지도 않은 이야기를 어찌나 구성지게 풀어 놓는지, 객석 여기저기에서 훌쩍거리는 소리가 들려왔다.

"예끼, 천하의 모지리 같은 놈!"

"저런 놈은 멍석말이를 해서 매타작을 해야 해."

"아이고, 우리 불쌍한 정순이를 어쩔꼬."

여주인공을 타박하는 장면에서 사람들은 당장에라도 스크

린 속의 영득을 두들겨 팰 것처럼 분개했다. 수한도 주먹을 몇 번이나 쥐었다 폈다 했다. 이선도 "이를 어째!"하며 훌쩍 거리더니 끝내는 손수건으로 눈물을 찍어 냈다.

영화는 만약의 경우에 대비해 저축을 하라는 뻔한 내용이 었다. 수한은 이 영화에 돈을 댄 일본 은행가의 꿍꿍이속에, 그리고 그걸 공짜로 보여 주라고 한 총독부의 뻔한 속셈에 속이 부글부글 끓었다. 대부분의 은행에서 쥐꼬리만큼 돈을 빌려 주고 별별 명목으로 고리채 이자를 뜯어 가는 실정이었다. 당장 아침 땟거리도 없는 사람들한테 저축이라니, 영화 내용만 따지자면 터무니없고 분통이 터지기까지 했다. 그런 뻔한 이야기에도 사람들의 혼을 쏙 빼게 만드는 한기의 입담이 놀라웠다.

"저 변사 대단하다. 영화 보니 너도 변사 할 마음이 생기지 않아?"

"우리 스승님 말씀이, 전기수들도 한때는 변사들처럼 한양을 들었다 놨다 했대. 지금은 무성영화가 세상의 전부 같지만 그게 다 지나가는 바람일지도 모르는 거고."

수한은 껄끄러운 마음 탓인지 말이 곱게 나오지 않았다. 어쩐지 이선이 변사는 치켜세우고 전기수는 낮추보는 것 같아 심사가 뒤틀렸던 것이다.

"솔직히 난 네가 변사 하겠다고 그러면 좀 그럴 것 같아."

이선의 말이 듣기 싫지 않았다.

무성영화는 한때 지나가는 바람일 뿐, 머지않아 진짜 이야기만 살아남을 거라는 스승의 말을 수한은 믿고 싶었다.

바깥에는 어느새 땅거미가 짙게 깔려 있었다.
"오빠는 고새 없어진 거야?"
극장 문을 나서는 사람들을 요리조리 살펴보던 이선이 툴툴거렸다.
"갈 만한 곳이 짚이기는 해."
"어디?"
"십중팔구 거기 같은데……."
수한이 웅얼거리며 신발코만 내려다보았다.
"어디 한번 가 보자. 거기에 없으면 인력거 불러 집에 가면 되지, 뭐. 근데 네가 짚인다는 거기가 혹시……?"
수한은 대답 대신 앞서 걸었다.
"그렇게 내빼면 어떡해?"
이선이 종종걸음으로 수한을 뒤쫓았다.
"영화 재밌었지?"
이선이 연신 주위를 두리번거리며 물었다.
"그냥, 뭐."
"쳇, 보여 준 사람 성의를 생각해서라도 재밌다고 그래야 하는 거 아니야? 어째 넌 빈말을 못하니? 하긴, 그게 또 매력이지만……."

이선이 샐쭉거리며 수한 곁에 바투 다가섰다.

명월관에서 흘러나오는 왁자지껄한 소리가 골목에 가득했다.

"도출 어른을 찾으러 왔나 보구먼. 요샌 통 안 오시더니, 오늘은 무슨 바람이 불었는지 저녁 일찍 오셔서 여태 저 방에 계시는구나. 너 왔다고 말이라도 전할까?"

행랑어멈은 전에 없이 다정스러웠다.

"아뇨. 전 스승님이 여기 와 계신 줄도 몰랐는걸요. 혹시 진우 형님이 여기 오셨나 해서……."

수한이 우물쭈물하며 말꼬리를 흐렸다.

"저 아가씨는 어쩌 낯이 익은데……."

행랑어멈이 이선 쪽을 힐끔거렸다.

"전 그분의 누이 되는 사람이에요. 오라버니랑 집에 같이 가려구요."

이선의 말에 행랑어멈의 눈빛이 한결 누그러졌다.

"방금 홍연 아씨랑 들어오긴 했는데, 도출 어른이 와 있다고 전했더니……. 아마 저 방에 같이 계실 거야."

"네? 스승님이랑 같이 있다구요?"

"그래. 뭔 일인지 모르겠다만, 도출 어른이 요즘 그 젊은 도령과 자주 어울리시는 것 같던데. 그 댁 마님이 책 읽어 달라고 부탁이라도 한 건가?"

행랑어멈은 머리채를 흔들고는 바쁘다며 부엌으로 갔다.

"우리 오빠가 무슨 일로 너희 스승님을 만나는 걸까?"

"글쎄……."

수한도 짚이는 데가 없기는 마찬가지였다. 스승이 아침나절 외출을 서두른 것도 진우를 만나기 위해서였을까? 수한은 저도 모르게 방 앞으로 다가갔다.

"지난번에 전해 드린 책은 좀 도움이 되었나요?"

진우의 목소리가 방문 틈으로 새어 나왔다. 창호지에 희미한 그림자가 어른거렸다.

"도움이 되고말고. 내가 잘하고 있는 건지는 모르겠네만, 노력은 하고 있네. 점점 재미도 나고."

"천만다행이네요. 지난번 이야기도 다들 무척 재미있다고 하더군요. 그런 이야기가 있다는 것에 놀라는 눈치였어요. 우리 모임에 선생님이 얼마나 든든한 지원군인지 모릅니다."

진우가 일어나 도출에게 인사를 했다. 수한은 얼른 이선의 손을 뒷방 쪽으로 끌었다. 어쩐지 도출의 눈에 띄고 싶지 않았다.

10장

하늘이 한 발 두 발 높아지더니 뒤꼍 감나무 이파리들이 누렇게 물들었다.

"날씨가 꽤 쌀쌀해졌구나."

도출은 여름이 지나면서 훌쩍 자란 수한을 흐뭇하게 내려다보았다. 수한은 구두에 후후 입김을 쐰 후 마른 수건으로 꼼꼼히 닦았다. 구두에 반짝반짝 윤기가 돌았다.

"네, 아침 공기가 제법 차갑습니다. 오늘은 어디로 출타하십니까?"

수한이 구두를 댓돌에 올려놓으며 물었다.

"시내에 간다. 자세한 얘기는 나중에 해 주마. 구두 닦느라 너무 애쓰지 마라."

도출이 수한을 돌아보며 말했다.

"저는 스승님이 어디에서나 이 구두처럼 반짝이는 분이셨으면 좋겠어요. 요즘 스승님이 예전의 활기를 찾으신 것 같아 정말 기쁜걸요."

수한이 멋쩍게 웃었다.

"너희 생각은 하지도 않고 어른답지 못한 모습을 많이 보여 미안하구나."

"그런 말씀 마세요. 장생이랑 저는 스승님의 그늘 아래 있는 것만 해도 뿌듯한걸요."

수한이 마루에 놓여 있던 두루마기를 들었다.

"요즘 내가 따로 주는 돈도 없는데 밥상이 한결같더구나. 너희가 고생 많다."

도출의 말을 듣고서야 수한은 지난겨울과 별로 다르지 않은 밥상이 떠올랐다. 그러고 보니 수입 없는 날이 많은데, 이상하긴 했다.

"이제 날씨도 추워졌으니 어디 따뜻한 장소를 찾아봐야 할 텐데. 그건 내가 좀 알아보마."

수한은 대문까지 도출을 따라나섰다.

"참, 너에게 못 보던 책이 있던데, 재미있느냐?"

도출의 갑작스러운 물음에 수한은 우물쭈물했다.

"아, 그게…… 제 이야기를 들으러 오는 손님이 사 준 책인데…… 참 재미나요. 우리나라 얘기와는 또 다른 재미가 있어요."

그 책을 선물한 이가 진우의 여동생이라는 것을 알면 도출이 어떤 표정을 지을까 궁금했다.

"그러냐? 이야기는 뭐니 뭐니 해도 재미난 게 으뜸이지. 다른 책도 보고 싶으면 말해라."

수한은 도출이 말하는 책이 진우가 준 것이리라 어림짐작했다.

"하여튼 스승님한테는 끔찍하다니까. 네가 그러니까 살림하는 나는 낯이 안 서잖아."

장생이 대문을 닫아걸며 투덜댔다.

"스승님 입성이 추레하면 그게 다 너랑 나한테 욕이 되는 거잖아. 참, 그리고……."

수한은 부엌으로 들어가려는 장생을 부리나케 뒤따랐다.

"왜?"

"아직 쌀 살 돈이 남아 있어? 벌써 떨어졌을 텐데 말이야."

수한의 말에 장생은 놀란 수탉 같은 얼굴을 했다. 슬쩍 떠보는 말에 바짝 긴장하는 장생이 수상했다.

"너 뭔가 있지? 도대체 뭐야?"

수한이 장생의 팔을 거세게 잡아챘다.

"있긴 뭐가 있다고 그래? 내 살림 솜씨가 야무져서 그런 거지. 별일도 아닌 것 갖고 난리야."

장생이 팔을 뿌리치며 되레 큰소리를 냈다.

"아무리 살림 솜씨가 좋아도 그렇지, 아껴 쓸 돈이 없는데 그게 말이 돼?"

수한은 장생을 다그쳤다. 대충 얼버무려 이 자리를 벗어나려는 장생의 속셈이 빤히 보였지만 수한은 끝까지 물고 늘어지지는 못했다. 힘겨운 살림을 꾸려 가는 장생에게 미안한 마음이 앞서서였다. 장생은 발을 쿵쿵 구르며 부엌으로 들어갔다.

도출의 방은 말끔했다. 한쪽 벽에는 『춘향전』, 『임경업전』, 『흥부전』, 『추재기이』, 『구운몽』 같은 책들이 가지런히 쌓여 있었다. 그 사이사이로 서양 사람 이름이 적힌 책들이 보였다. 수한의 눈길을 끈 것은 책 더미 옆에 있는 새로 묶은 책이었다. 물감을 먹인 끈이 산뜻해 보였다. 수한은 그중 한 권을 슬쩍 빼냈다. '조선 옛이야기'라는 제목이 쓰여 있었다. 며칠 전에 보았던 새 책 몇 권은 보이지 않았다. 밖에 나가지 않는 날이면 도출은 방문을 걸어 잠그고 뭔가를 열심히 했다. 책상 위에 놓인 먹물통과 뚜껑에 노란 금색 테가 둘린 만년필이 보였다.

"요 뾰족한 데서 먹물이 흘러나와 글씨가 써지는 게 신기하지 않으냐?"

만년필을 요리조리 돌려 보면서 신기해하던 도출의 모습이 떠올랐다.

방문이 빼꼼 열리더니 장생이 비죽 고개를 들이밀었다. 맵싸한 바람이 문틈으로 들어왔다.

"골났냐?"

장생이 책만 뚫어져라 들여다보는 수한의 등을 툭 쳤다.

"어? 이건 빈 책이잖아? 일기라도 쓰시는 건가?"

장생이 수한의 어깨너머로 공책을 들여다보며 고개를 갸웃했다.

"며칠 전까지 보이던 책은 없어졌어."

수한은 백지 책을 내려다보며 중얼거렸다.

"뭔 책이 없어졌다고 그러냐? 난 이 방에 들어오지도 않는데."

장생의 얼굴이 벌겋게 달아올랐다. 수한은 무슨 말을 하려다 그만두었다. 장생이 허둥대며 방을 나갔다.

어느덧 청계천 변의 버드나무 잎들이 우수수 떨어졌다. 하루 종일 아낙네들의 수다로 시끌시끌하던 빨래터도 휑했다.

"오늘은 장화홍련전 중에서 계모 허씨가 거짓말로 풀려난 그날 밤 장화 홍련이 부사를 찾아오는 대목부터 읽겠습니다."

수한은 부채를 치면서 시작을 알렸다.

"장화 홍련 자매가 부사 앞에 나타나 나란히 절하고 여쭈되……."

첫 대목을 읽고 난 수한의 입에서 서늘한 바람 소리가 새어 나왔다.

149

"해와 달같이 현명하신 부사님, 부디 깊이 통촉하시옵소서. 옛날 중국 순임금이 계모에게 화를 입었던 것은 온 세상이 다 알고 있듯, 소녀들의 뼈에 사무친 원한은 이곳 철산 사는 삼척동자도 다 알고 있는 일입니다."

수한은 장화 홍련이 겪은 계모의 흉계를 되짚어 들려주었다. 장화가 우물에 빠져 죽는 대목에 이르러 수한은 숨을 골랐다. 저도 모르게 몸에 한기가 든 것처럼 분노가 일었다.

"그런데도 부사님께서는 사악한 계모의 꼬임에 빠져 진실을 깨닫지 못하시니, 소녀들, 어찌 슬프고 억울하지 않으리까?"

수한의 목소리는 한겨울 문풍지처럼 가늘게 떨렸다.

"멀쩡한 처녀를 애 뱄다 거짓으로 꾸몄으니, 저런 쳐 죽일 년이 있나?"

한 아낙네의 입에서 험한 말이 터졌다.

장화 홍련을 태운 푸른 학이 날아간 뒤 부사가 허씨에게 속은 것을 알고 당장 배 좌수와 계모를 잡아들이는 대목에 이르렀다.

"당장 계모의 주리를 틀어야 한다니까."

"아냐, 장화한테 한 것처럼 똑같이 연못 속에 처넣어야 해요."

사람들이 속이 터진다며 손부채를 해 대거나 가슴을 쿵쿵 쳤다.

부사는 계모 허씨가 증거물로 제시한 것의 배를 가르게 했다. 그 배 속에서 나온 것은 검고 동글동글한 쥐똥이었다.

"이것은 죽은 쥐가 아니냐? 어떻게 이런 끔찍한 짓을!"

부사의 얼굴이 붉으락푸르락했다. 둘러서서 지켜보던 아전들도 침을 뱉어 계모 허씨를 꾸짖고 장화 홍련 자매를 불쌍해하며 눈물지었다.

아낙네들이 소맷부리로 눈가를 찍어 내고 사내들은 코를 훌쩍댔다.

"난 아비가 더 괘씸해요."

"나도 그래요. 딸들 말은 듣지도 않고 계모 말에 홀딱 넘어가 정신을 못 차리니……."

"장쇠 그놈도 목을 매달아야 한다니까요."

너나없이 마치 자신이 죽은 장화 홍련이라도 되는 것처럼 원통해했다.

수한은 이야기에 취해서 다음 대목을 계속 이어 나갔다.

한 마디 한 마디를 놓치지 않으려는 듯 사람들이 슬금슬금 수한 쪽으로 자리를 좁혀 왔다. 수한의 읽는 속도에 맞춰 사람들은 "저런, 저런!" "내 가슴이 다 터져 버리겠어." 하며 분위기를 돋우었다.

수한의 이야기가 끝나자 사람들은 "후유." 한숨을 쏟아 냈다. 가슴 졸이고 애통해하던 사람들의 마음이 그제야 봄눈처럼 녹았다.

겨울로 접어든 종로 거리는 조용하고 쓸쓸했다. 해가 지자 거리의 모든 풍경이 희끄무레했다. 수한은 미쓰코시 백화점 앞길로 접어들었다. 이곳은 일본에서도 가장 크다는 미쓰코시 백화점의 조선 출장소였다. 파는 물건이라곤 일본 옷이 대부분이었다. 남산 아래 진고개 근방에는 일본인이 많이 살고 있으니 백화점이 있는 건 당연했다. 회색 벽돌 건물은 근처 조선은행과 나란히 있어서 눈에 금방 띄었다.

양복을 빼입은 일본인 몇이 시끄럽게 떠들며 백화점에서 나오고 있었다. 그중에는 예전에 도출의 집으로 찾아왔던 배불뚝이 서장도 보였다. 서장에게 깊이 허리 숙여 절하며 고개를 든 사람은 한기였다. 수한은 마치 못 볼 것이라도 본 것처럼 얼른 고개를 돌렸다. 그러고는 걸음을 빨리해 골목으로 몸을 숨겼다. 여름 이후로 한기를 보지 못한 터였다.

수한은 추워서 종종걸음을 치는 사람들 사이를 급하게 빠져나왔다. 장생이 벌써 나와 있을지도 몰랐다. 일 끝나면 곧장 단성사 앞으로 오라고 장생이 신신당부를 했다. 무슨 일이냐고 몇 번을 물어도 장생은 와 보면 안다고만 했다.

날씨 탓인지 극장 앞에는 사람이 거의 없었다. 금장 지팡이를 팔에 걸친 모던 보이 몇이 모퉁이에 서서 떠들고 있었다. 인력거를 기다리는 모양이었다. 수한은 두리번거리며 장생을 찾았지만 장생 비슷해 보이는 사람은 없었다. 소변 보러 갔거나, 국밥집 앞에서 아는 사람을 만났나 싶었다. 수한은 느긋하게 극장 앞 마당을 걸었다.

"혹시 변사 어른 만나러 왔나?"

극장 문을 열고 사내 하나가 수한 쪽으로 다가왔다. 낯익은 얼굴이었다.

"변사 어른이라니요?"

수한은 얼떨떨한 얼굴로 되물었다.

"우리 지난봄에 한 번 봤지? 아무튼 주임 변사 어른이 자기 찾는 아이가 오면 사무실로 데려오라고 하셨다."

"무슨 일로요? 전 여기서 동무를 만나기로 했는데요."

"아하, 한집에 같이 산다던 그 동무 말이군."

사내가 유들유들하게 웃었다. 사람을 거북스럽게 하는 웃음이었다.

"아저씨가 어떻게 장생을 알아요?"

수한이 눈을 동그랗게 뜨며 물었다.

"어떻게 알긴. 여기 두어 번 다녀갔으니까 알지."

"여기를 두어 번이나요?"

수한은 자기가 잘못 들은 게 아닌가 해서 다시 물었다. 장생은 여기에 왜 왔을까? 사내가 착각한 건 아닐까? 수한이 멀뚱히 서 있자 사내가 목소리를 높였다.

"사무실은 어딘지 알지? 너 때문에 급하게 들어오신 모양이더라."

수한은 잠시 머뭇거리다 사내를 따랐다. 극장 안으로 들어서자 사내는 계단 쪽을 손으로 가리켰다.

"극장 쉬는 날까지 이게 무슨 고생이람."

사내는 수한이 듣든 말든 개의치 않았다.

수한은 사내가 매표소 안으로 들어가는 것을 보고 사무실 쪽으로 걸어 내려갔다. 도대체 장생을 팔아 가면서까지 자기를 보려고 하는 이유가 뭔지 궁금했다. 어쩌면 장생이 미리와서 사무실에 있을지도 모른다는 생각에 수한은 왠지 마음이 급해졌다.

사무실 안에서 두런대는 소리가 들렸다. 수한은 벽에 바짝붙어 섰다.

"자네 말만 믿고 가기에는 뭔가 어설퍼."

일본어 억양이 섞인 서툰 조선말이었다.

"그렇지 않습니다. 제가 증거를 갖고 있다니까요."

한기의 목소리였다. 그의 목소리는 확신에 차 있었다. 서랍이 열렸다가 곧 닫히는 소리가 들렸다.

"증거? 이번 일은 우리 종로서가 중부서에 밀리느냐 마느냐가 달린 일이야. 일이 잘못됐다가는 그 불똥이 다 나한테 튈 수도 있는 일이라고."

사내가 불편한 속내를 드러냈다.

"조선어연구횐가 뭔가가 벌이는 일이 뭔지만 알면 되는데……."

"그걸 미리 알아내서 잡아들이자는 게 서장님 생각이시구
요?"

한기의 목소리에서는 비굴함이 묻어났다. 한기와 함께 있는
사내는 종로 경찰서장임이 분명했다.

"동진이라고 했던가? 자네가 말한 아이가?"

"네."

한기가 왠지 낭패 섞인 듯한 목소리로 대답했다. 그럼 한기
와 서장이 기다리는 사람이 동진이라는 건가? 조금 전에 만난
사내는 장생을 들먹였는데……. 수한은 도무지 갈피를 잡을
수가 없었다.

"그런 애송이 말만 믿고 자네가 너무 앞질러 가는 건 아닌
가? 그 아이가 진우라는 놈의 동생이라며?"

"배다른 형제라 말만 동생이지, 아예 남보다 더 못한 사이
같았습니다. 그 녀석도 제 형이라면 이를 바득바득 간다니까
요."

잠시 아무 말도 들리지 않았다.

"우리 목표가 그 애송이는 아니잖아. 정도출, 그자와 이진
우가 조선어연구회와 어떻게 연결되어 있는지 그걸 알아내야
한단 말이야. 무슨 수를 써서라도 잡아들여야 하는 게 급선무
라고."

사무실 안에 있는 사내의 입에서 스승의 이름이 툭 튀어나
왔다. 다리가 후들거렸다. 한기와 경찰서장이 무슨 이유로 스

승님을 표적으로 삼는 건지, 안갯속을 걷는 것처럼 답답했다.

"도대체 난 자네 꿍꿍이속을 모르겠단 말이야. 괜히 큰소리만 치는 거 아닌가?"

경찰서장이 잔뜩 부어터진 목소리로 윽박질렀다.

"우리 속담에 호랑이를 잡으려면 호랑이 굴로 들어가라는 말이 있습지요."

"뭔 소린가? 그럼 자네가 직접 잡아 오겠다는 건가?"

"그건 하수들이나 하는 짓이고, 제 발로 기어 나오게 하는 겁니다."

한기는 자기를 믿지 못하는 경찰서장이 못마땅하다는 듯 툴툴댔다.

"말이 안 통하면 몽둥이찜질을 해서라도 자백을 받아 내야지, 안 그래?"

경찰서장은 한기를 쥐 잡듯 했다.

"조금만 더 시간을 주십시오. 제게 다 생각이 있다지 않습니까?"

"조금만 조금만 한 게 벌써 몇 달째인 줄 아나?"

경찰서장은 심사가 뒤틀린다는 투로 호통을 쳤다.

"저한테 다 수가 있다니까 그러십니다. 곧 그 아이가 온다고 했으니 조금만 기다리면 될 겁니다."

"그 애라면, 동진이 말인가?"

"아닙니다. 도출의 수하에 있는 수한이라는 앱니다. 아마 정도출과 진우라는 놈을 엮을 만한 뭔가를 가지고 올 겁니다."

수한은 흠칫했다. 내가 한기에게 가져왔어야 하는 건 무엇이었을까? 수한은 자기도 모르는 새 땀이 찬 제 손을 내려다보았다. 자기가 가져왔어야 할 그 무엇이 스승 도출과 진우를 죽음의 구렁으로 몰아갈지도 모른다는 말이지 않은가? 저고리 속 팔뚝에 오싹 소름이 돋았다.

"명심하게. 자네가 어떻게 여기까지 올라올 수 있었는지를 말이야. 저번 영화 건도 그렇고, 자네 이름을 단 극장을 갖겠다고? 그러려면 뭔가 확실한 걸 보여 줘야 한다는 것쯤은 알고 있겠지?"

경찰서장이 으름장을 놓았다.

"알고말고요. 그러니까 대일본 제국에 맞서는 놈들을 잡아내느라 제가 밤낮없이 뛰어다니고 있잖습니까? 정도출도 잘 캐 보면 거물급이 달려 올라올 겁니다. 제가 장담합니다."

한기가 자신만만한 목소리로 말했다.

"이게 자네에게 주는 마지막 기회라는 걸 잊지 말게. 그럼 난 그 애가 오기 전에 가 보겠네."

의자 삐걱거리는 소리가 들렸다. 수한은 금방이라도 경찰서장이 문을 열고 나올 것 같아 뒷걸음질을 쳤다. 계단을 빠르게 뛰어올랐다. 심장 박동이 점점 빨라졌다. 도대체 한기는 무슨 일을 꾸미고 있는 걸까? 뒷덜미가 서늘해지고 온몸의 신경

이 곤두섰다. 수한은 다리가 휘청거려 고꾸라질 것처럼 간신
히 계단을 뛰어올랐다.

숨이 턱까지 차올랐다. 수한은 한달음에 집까지 뛰었다. 한
기가 뒷덜미를 낚아챌 것만 같아 한순간도 멈출 수가 없었다.
"야, 너 이리 나와!"
수한이 거친 숨을 몰아쉬었다. 수한은 끓어오르는 분노를
가라앉히려고 마당을 서성거렸다.
장생이 고무신을 끌며 방에서 나왔다.
"어디 벼락이라도 떨어졌냐? 웬 수선이야?"
장생은 씩씩대는 수한을 보며 떨떠름한 얼굴을 했다.
"너 오늘 단성사로 왜 나오라 그랬어? 왜 그랬냐고?"
장생을 쏘아보는 수한의 얼굴이 험악했다. 장생은 아랑곳하
지 않고 빙글빙글 웃음만 흘렸다.
"동진이는 만났어? 변사 어른은 잘 계시고?"
장생은 수한을 툭 치며 은근한 목소리로 물었다. 수한은 금
방 눈알이 튀어나올 것 같았다.
"도대체 동진이랑 무슨 작당을 한 거야?"
수한이 눈을 부라렸다. 당장에라도 장생을 깔아 눕히고 싶
은 마음을 꾹 눌렀다.
"작당은 무슨. 변사 어른이 너에게 할 말이 있다면서, 동진
이한테 너를 극장으로 나오게 해 달라고 그러셨대. 동진이도

갈 거라고 했고."

"변사 어른이 왜 나를 만나고 싶어 하는 줄 알아?"

"알지. 너를 변사로 키우고 싶어서 그러시잖아. 하지만 넌 절대 변사 하고 싶어 하지 않는다는 것도 알지."

"그걸 알면서 나를 거기 가라고 했어?"

벌겋게 달아오른 수한의 얼굴을 보며 장생이 피식 웃었다.

"동진이도 네가 변사 어른한테 확실히 해 두는 게 좋다고 그러고……."

장생은 수한의 눈을 피하며 얼버무렸다. 하긴 장생의 말도 틀린 것은 아니었다. 처음 한기를 만났을 때 똑 부러지게 말했으면 오늘 같은 일은 없었을지도 몰랐다.

"그런데 너, 나 몰래 변사 어른 만났어?"

"그게……."

"발뺌할 생각 하지 마. 오늘 극장에서 너를 기억하는 사람이 있었으니까. 잘 아는 처지도 아닌데 그냥 얼굴이나 보자고 만난 건 아닐 테고. 너 혹시 극장표 말고 다른 거 받은 거 있어? 사실대로 말해."

수한의 눈에 불이 일었다. 수한은 병아리 쫓는 수고양이처럼 장생을 몰아세웠다.

"그래, 받았어. 스승님은 쌀독이 비었는지 된장이 떨어졌는지 도통 관심 없고, 벌어들이는 돈은 한 푼도 없고. 그러니 어떡하냐? 그 어른도 형편이 어려운 옛 동무를 도와주려는 것뿐

159

이라고 하셨단 말이야."

장생은 금방 풀 죽은 목소리로 더듬거렸다.

"야, 그렇다고 그걸 덥석 받아? 스승님이 아셨으면 다리몽 둥이가 부러졌을 거다. 당장 돌려줘. 안 그러면 스승님한테 사실대로 말할 거야."

수한의 서슬에 장생이 쩔쩔맸다. 수한은 쿵쾅대며 쪽마루 쪽으로 걸어갔다.

"변사 어른이 뭐라 그래? 너한테 나쁜 일이었던 거야?"

장생은 잔뜩 졸아서는 안절부절못했다. 도출에게 사무실에서 들은 이야기를 해야 할지 말아야 할지, 수한은 갈피를 잡을 수 없었다.

장생이 슬금슬금 수한의 곁으로 다가왔다. 수한은 무너지듯 마루에 풀썩 주저앉았다.

"나, 그 어른 안 만났어. 사무실 앞까지 갔다가 되돌아왔어."

"왜? 변사 어른이 안 계셨어?"

장생이 수한 옆에 바짝 붙어 앉았다.

장생에게 돈을 주고 한기가 얻으려고 한 건 무얼까? 수한은 조금 전 극장에서 들은 한기와 경찰서장의 대화를 몇 번이고 곱씹었다. 한기가 내뱉은 증거라는 말이 마음에 걸렸다.

"얼마나 받았는데?"

그렇게 묻는 수한의 목소리에는 힘이 없었다. 장생은 머뭇

거리다 큰돈은 그대로 있고, 쌀값 정도만 헐어 썼다고 개미만
한 목소리로 말했다. 제발 도출에게는 아무 말 하지 말아 달
라며 장생은 수한에게 매달렸다. 당장 돌려주겠다는 약속을
단단히 받아 내고서야 수한은 조금 누그러졌다.

어깨를 축 늘어뜨린 채 대문을 나서는 장생의 뒷모습을 보
니 수한은 절로 한숨이 나왔다. 수한은 없는 살림 꾸리느라
고생했을 장생의 마음을 헤아리지 못한 채 막무가내로 장생
을 몰아세운 것도 미안했다.

장생은 저녁 무렵이 되어서야 집으로 돌아왔다.

"한기 어른한테 네가 거기 갔었다는 말은 안 했어. 돈을 돌
려줬더니 어른이 난감해하는 눈치더라. 이렇게 돌려줄 줄 알
았으면 쌀 한 말 값이라도 덜어 놓을걸."

험악해진 수한을 보며 장생은 손으로 얼른 입을 막았다.

해가 부쩍 짧아졌다. 쌀쌀한 날씨 때문인지 광통교에 나가
도 공치는 날이 많아졌다.

저녁상을 물리고 수한은 습관처럼 거울 앞에 앉았다.

"손님도 없는데 뭘 그렇게 열심히 하나?"

"비 안 온다고 농부가 낮잠을 자던? 무슨 일이든 해야지."

"비는 기다리면 되지만, 손님은 기다린다고 오지 않잖아."

장생은 쌩하니 방을 나갔다.

"어, 네가 여기 웬일이야?"

장생의 놀란 목소리가 문틈으로 들려왔다.

"난들 오고 싶어서 왔겠냐? 변사 어른 심부름 왔다."

동진의 목소리였다. 수한은 일어서려다 멈칫했다. 동진이 자기를 보고 싶어 하지 않을지도 모른다는 생각이 들었다. 수한은 엉거주춤 주저앉았다.

"너 신수가 훤해졌구나?"

장생의 말에 동진은 목에 잔뜩 힘을 주었다. 동진은 흰 와이셔츠에 빳빳하게 주름을 세운 양복바지, 조끼까지 제대로 갖춰 입은 모양새였다. '나는 모던 뽀이요.', 온몸이 그렇게 말하고 있었다.

"교모까지 쓰면 경성 제대 학생인 줄 알겠다."

장생이 부러운 듯 동진을 위아래로 훑어보았다.

"영화 보고 싶으면 조선극장으로 와. 수한이는 영화 같은 건 안 볼 테니까 너라도 와라."

동진이가 거들먹대며 큰소리를 쳤다.

"진짜 변사가 됐나 보네? 정말 잘됐다."

장생이 공짜 표 얻을 생각에 동진을 잔뜩 치켜세웠다.

"변사 어른이 네 도움이 아주 컸다고 그러던데, 그게 무슨 소리야?"

"그런 말 마라. 수한이한테 된통 당하기만 했는데."

장생이 부루퉁한 얼굴로 말했다.

"근데, 변사 일은 재밌냐? 진짜로 돈을 많이 벌어? 혹시 이

불 속에 돈뭉치 숨겨 놓고 그러는 건 아니지?"

"일을 뭐 재미로 하나? 남의 돈 먹기가 뭐 그리 쉬운 줄 알아?"

동진이의 관자놀이가 씰룩거렸다.

"얼굴도 꺼칠한 게 힘든 모양이구나. 그래도 네가 그렇게 하고 싶어 하던 일이니까 참다 보면……."

장생이 위로하듯 동진의 어깨를 토닥였다.

"수한이랑 붙어살더니 닮아 가는 거냐? 사사건건 가르치려 들고……."

거친 말투와는 달리 동진의 목소리에는 힘이 없었다. 예전 같으면 발끈해서 대들었을 텐데, 대충 얼버무리는 품새가 그랬다.

"세상 사는 일이 다 그렇지. 입에 딱 맞는 떡이 어딨어? 다 노력하다 보면 좋은 날도 있겠지."

동진이 타박을 해도 장생은 어린아이 달래듯 했다.

"벌써 석 달째 대본 연습만 죽어라 시키는데, 뭐? 노력하면 된다고? 알지도 못하면서 주제넘게 나서긴."

동진의 말꼬리가 잔뜩 꼬부라졌다.

"그럼 아직 무대에 한 번도 서지 못한 거야? 이제 보니 거죽만 변사구나."

"뭐?"

동진이 펄쩍 뛰자 장생은 얼른 말을 돌렸다.

"미안, 미안. 너 화났어? 그럼 공짜 표는 물 건너간 거야?"

"이게 아예 날 무시하려 드네. 나도 공짜 표 두어 장 빼낼 정도는 된다."

동진의 뒷말이 배배 꼬였다

"주임 변사님이 날 예쁘게 봐 주고 있으니까 이달 안에 무대에 설 거다. 너도 괜히 여기서 헛고생하지 말고 힘들면 나 찾아와라."

"쳇, 대본 연습생 처지에 나까지 책임지겠다고? 아서라, 난 신경 쓰지 말고, 조금 기다렸다가 선생님께 인사는 드리고 가라."

"인사? 나 혼자 여기까지 왔어. 선생님이 나한테 해 준 게 뭐 있다고 그런 말을 하냐?"

문틈으로 들려오는 동진의 말에 수한은 저도 모르게 주먹을 불끈 쥐었다.

"자식, 성질하고는. 그럼 수한이라도 만나 보고 가야지, 안 그래?"

"뭐? 수한이? 어디 있는데?"

장생이 턱짓으로 방을 가리켰다. 동진의 당황한 말투에 수한은 죄라도 지은 것처럼 몸이 오그라들었다. 수한은 문고리를 잡았다 놓았다 했다. 지금 나서기엔 너무 늦은 것 같아서였다.

"야, 수한아! ……아니, 얘가 잠들었나? 네가 온 걸 알았으면 버선발로 튀어나왔을 텐데. 들어가서 수한이 깨울까?"

"됐어. 심부름도 끝났고, 난 바빠서 이만 간다. 수한이 깨면 변사는 아무나 하는 게 아니라고 전해라."

마당을 바삐 걸어 나가는 발소리가 들렸다. 수한이 방문을 열고 나가자 장생은 동구 밖까지 배웅하고 오겠다며 동진을 뒤따랐다. 앞으로는 동진과 같은 길을 걸을 수 없으리라는 생각에 수한은 입이 썼다.

장생은 여덟 시가 한참 지나서 집에 들어왔다. 동진이 덕에 국밥까지 먹었다며 히죽거렸다. 오랜만에 먹어 본 고기 맛이 기막혔다며 장생은 저녁 내내 입이 귀에 걸렸다. 그런 장생을 보다가 수한은 아까 동진에게서 받은 게 뭐냐고 따져 물을 기회를 놓쳤다. 마침 누가 거칠게 대문을 두드렸기 때문이었다.

"수한아, 수한아! 안에 있으면 나와 봐라."

수한은 다급히 부르는 소리를 듣고 벌떡 일어났다.

수한은 맨발로 마당으로 뛰어나갔다. 대문을 열자 진우가 도출을 부축한 채 힘겹게 서 있었다. 도출에게서 역한 술 냄새가 났다. 전에 없던 일이었다. 가슴병이 도진 뒤로 도출은 전혀 입에 술을 대지 않았다.

"무슨 일 있었어요?"

도출을 자리에 뉘어 놓고 방을 나오며 수한이 물었다.

"선생님과 만나기로 해서 명월관에 갔는데, 정 선생님이 최

한기 변사와 이야기 나누는 중이라고 해서 밖에서 기다리고 있었지. 한참 만에 최 변사가 나오면서 '자네는 거기 나올 수밖에 없네. 자네 때문이 아니라 수한이를 위해서라도 말이야.' 그런 이상한 말을 하더라고."

"저를 위해서라뇨?"

수한이 놀라서 다시 물었다.

"안 그래도 나도 선생님께 그게 무슨 말인지 몇 번이나 여쭤 봤지만 아무 말씀도 안 하셔. 수한이를 위해서라면 내가 그 정도는 해야지 계속 그 말씀만 하시더라고. 하여튼 몸도 안 좋으신데 오늘 술이 좀 과하셨어. 내가 한사코 말렸지만 소용없었어. 선생님께서는 앞으로 만나는 것도 조심해야 한다 그러시고, 또 홍연이 말로는 최 변사가 무슨 증거를 갖다 대며 선생님을 협박했다 그러고……."

"증거요?"

"아무래도 선생님이 그 증거라는 것 때문에 과음하신 것 같은데, 혹시 뭐 짚이는 거 없니?"

수한은 고개를 가로저었다. 수한 역시 아무 짐작도 할 수 없었다. 한기와 도출이 무슨 일로 만났는지, 자신을 위해 도출이 하려고 하는 일이 무엇인지, 또 한기가 도출에게 내밀었다는 그 증거라는 게 뭔지도.

진우는 한참을 마루에 앉아 있다가 다음에 또 보자 하고는 돌아갔다. 저녁나절에 동진이 집에 오고, 한기와 도출은 명월관에서 만나고……. 수한은 머리가 지끈거렸다.

수한은 자리끼를 도출의 머리맡에 내려놓았다.

"수한아!"

신음 소리를 내며 도출이 수한을 찾았다. 수한은 무릎걸음으로 다가앉았다.

"이제 네 길을 가거라. 네가 원하는, 네 길을."

도출은 간신히 한마디 하고는 힘겹게 등을 돌렸다. 도출의 신음 소리가 어두컴컴한 방 안에 가라앉았다. 수한은 오랫동안 도출의 어깨를 멍하니 바라보았다. 차가운 초겨울 달빛이 방문을 넘어서고 있었다.

11장

한 달 만에 이선이 광통교에 나타났다. 날씨에 어울리지 않게 이선의 어깨에 양산이 걸쳐져 있었다. 양산을 빙글빙글 돌리는 버릇은 여전했다.

"아, 외롭다, 외로워."

이선이 말간 얼굴로 종알댔다.

"요기요기 수염도 비죽비죽 나오는 게 제법 사내 냄새가 나는데, 흠흠."

이선이 수한의 턱 밑까지 얼굴을 들이밀고 킁킁거렸다. 꽃향기라도 맡으려는 것처럼. 밀쳐 내야 한다는 것은 머릿속 생각일 뿐, 여우에게라도 홀린 것처럼 수한의 몸이 점점 뻣뻣해졌다.

"뭔 사내가 그렇게 도통 무드가 없냐?"

"뭐? 무, 무드?"

생뚱맞은 이선의 말에 수한은 말까지 더듬었다.

"한참 동안 연락이 없으면 무슨 일이 생겼나 걱정도 안 되던?"

이선이 입술을 뾰족하게 내밀었다. 수한은 무드가 걱정이라는 뜻인가 싶었다.

"우리가 뭐 걱정해 주고 그런 사이였나?"

수한이 툭 내뱉는 말에 이선이 깔깔거렸다.

"그동안 방구석에만 처박혀 있었더니 몸에서 군내가 나는 것 같아. 어디 한번 맡아 볼래?"

이선이 장난기 가득한 얼굴로 몸을 바짝 붙였다. 수한은 이선의 행동에 흠칫 뒷걸음질을 쳤다.

"오랜만에 극장에나 가자. 콧바람이라도 쐬야지, 안 그러면 쓸쓸해서 죽을 것 같아."

이선이 수한의 팔을 잡아끌었다.

극장은 늘 그랬던 것처럼 시끌벅적했다. 사시사철 발길이 끊이지 않는 곳은 극장밖에 없는 듯했다.

"얘기 들었어요? 오늘 막간 공연이 대단하다던데."

"매표원도 보기 드문 특별 공연이라고 그러긴 하던데. 뭐, 별거 있겠어? 판소리나 기생들 화관무 정도겠지."

뒤에 앉은 중년의 사내가 아는 척을 했다. 문지방이 닳도록 극장에 꽤나 들락거린 모양이었다.

"어쩐지 오늘따라 사람이 더 많더라니. 날을 정말 잘 잡은 것 같지 않니?"

이선이 제 덕이라며 유난을 떨었다.

"나 잠깐 측간에 갔다 올게."

수한이 엉덩이를 의자에서 떼며 말했다. 이선은 수한이 극장에만 오면 측간에 간다고 구시렁댔다.

수한은 사무실로 향했다. 공연 전에 한기를 만나 볼 작정이었다. 한기를 만나고 돌아온 뒤 도출은 며칠 동안 술병으로 고생했다. 그날 도출이 수한에게 제 길을 가라는 말을 하게 된 까닭과, 한기가 도출을 협박했다던 그 증거물이 무엇인지 따져 물어볼 작정이었다.

마음을 바싹 다잡았기 때문인지 저릿한 기운이 온몸을 휩쌌다. 수한은 숨을 깊게 들이마셨다. 일단 부딪혀 보자 싶었다.

수한이 막 계단참을 내려서는 순간이었다.

"아니, 자네가 웬일인가? 설마 나를 보러 온 건 아니지?"

마치 수한을 기다리고 있었던 것처럼 한기가 수한을 향해 번쩍 손을 들어 보였다. 맥고모자를 비뚜름하게 쓴 모양새가 무대 나갈 채비를 단단히 한 듯했다.

"네, 변사 어른을 뵈러 왔습니다."

긴장감 때문에 목소리가 떨렸다. 마음을 단단히 벼리고 나섰는데도 막상 한기를 보니 모래를 씹는 것처럼 입안이 껄끄러웠다.

"아, 어쩐다? 금방 막간 공연이 시작될 텐데. 다른 날 같으면 굳이 나갈 필요가 없는데, 오늘은 아주 특별한 공연이어서 말이야."

한기의 입가에 야릇한 웃음이 번졌다.

"물어볼 말이 있어서 왔습니다. 시간이 오래 걸리지는 않는데요."

"네 얼굴을 보니 인사차 찾아온 건 아닌 것 같고……. 음, 그럼 영화 끝나고 내 사무실로 오는 건 어떨까? 내가 근사한 저녁을 사지. 할 얘기도 있고."

한기는 젠체하며 거들먹거렸다.

"그건 좀……. 같이 온 숙녀분이 있어서요."

"그런가? 그럼 할 수 없고. 난 바빠서 이만."

수한은 순간 멍해졌다. 장생을 꼬드겨 수한을 극장에 오게 하고, 수한이 제 발로 자기를 찾아올 거라고 장담하던 그 사람이 맞나 싶었다.

수한의 옆을 미끄러지듯 지나가면서 한기는 수한의 어깨를 힘껏 잡았다.

"참, 오늘 막간 공연은 기대해도 좋을 거야. 놓치면 안 되니까 자네도 서둘러 안으로 들어가지? 내 장담하네만, 자네는 반드시 날 찾아올걸세."

한기가 콧등을 일그러뜨렸다.

"지금부터 막간 공연을 시작하겠습니다."

무대 뒤편에서 한기의 목소리가 들려왔다.

"이제 시작하려나 봐. 정말 기대되는걸! 넌 안 그래?"

이선의 말이 먼 데서 들리는 것 같았다. 수한은 몸을 꼿꼿이 세웠다. 한기가 장담하던 그 대단한 무대의 정체를 두 눈 똑바로 뜨고 보아 줄 참이었다.

무대 앞쪽에서 악단의 나팔 소리가 터져 나오고 이내 무대가 깜깜해졌다.

"오늘 막간 공연이 도대체 뭔데 저 난리람?"

"어휴, 좀 조용히 해 봐요."

"당신들이 더 시끄럽소."

막간 공연을 두고 여기저기에서 이런저런 군소리가 계속 들려왔다.

무대 뒤쪽에서 나오는 가느다란 불빛이 무대 위를 밝혔다. 사람들의 수런거림이 순식간에 잦아들고 객석은 쥐 죽은 듯 조용해졌다.

무대 왼쪽에서 한기가 날렵한 걸음걸이로 뛰듯이 나왔다.

"막간 공연에 제가 나타나서 혹시 놀라셨습니까? 그렇다면 얼른 빠져나온 염통을 단단히 챙겨 갈빗대 속으로 끼워 넣으십시오, 하하하."

별로 우습지도 않은 농담을 하는 걸 보니 한기도 꽤나 흥분한 것 같았다.

"제가 이렇게 나온 것은……, 에……, 이번 공연이 단성사 최초로 선보이는 대단한 공연이라 무례를 무릅쓰고 나온 겁니다. 제가 이 공연을 마련하느라고 흰 머리가 수백 개는 늘었을 겁니다. 기대하셔도 좋습니다. 자기 시간도 아닌데 변사가 너무 말이 많다구요? 아, 알았습니다. 그럼……."

한기는 극장 안을 휘휘 둘러보았다. 몇몇 사람이 손을 들어 환호했다.

"거참, 그만 뜸 들이고 빨리빨리 하쇼. 그러다 죽은 손자 봉알 잡겠소."

객석에서 호기 있는 사내의 고함이 터졌다. 극장 안이 삽시간에 웃음바다가 되었다.

"그럼 바로 시작하겠습니다. 이번 막간 공연을 빛내 줄 사람은…… 여러분, 놀라지 마십시오."

침을 꿀꺽 삼키는 한기의 목소리가 객석까지 들리는 것 같았다.

"도대체 누가 나오는데 저렇게 설레발을 치누?"

옆자리에 앉은 사내가 투덜거렸다. 사람들은 눈을 흡뜨며 숨을 죽였다.

"이번 막간 공연의 주인공은…… 정말 놀라지 마십시오. 경성, 아니 조선 제일의 전기수……, 정도출 선생입니다. 모두 힘찬 박수로 맞아 주십시오"

한기가 무대 뒤를 향해 손을 높이 추켜들었다.

'아니, 뭐? 스승님이?'

수한은 제 귀를 의심했다. 잘못 들었나 싶었다.

한기가 도출을 제 발로 나오게 한다더니 이 공연을 두고 한 말이었나? 죽비로 뒤통수를 맞은 것처럼 머릿속이 하얘졌다. 생각해 보니 아침부터 영 수상쩍었다. 도출은 먼 길을 떠나는 사람처럼 집을 찬찬히 둘러보기도 하고 장생에게 밥상 차리느라 고생이 많았다며 새삼스레 인사치레를 했다.

"정도출이면 너희 스승님 아냐?"

수한의 싸늘한 얼굴을 보고 이선은 얼른 입을 다물었다. 수한은 그저 무대만 뚫어져라 바라보았다. 객석은 환호와 야유로 소란스러웠다.

"아니, 저 사람이 여태 경성에 있었구먼."

"뭐야, 전기수라니……. 이런 공연장에서 따분하게 주절주절 사설을 읊는 게 가당키나 한가?"

"누가 아니래요. 사랑방도 아니고."

야유 섞인 불만도 터져 나왔다.

그대로 있어야 할지 나가야 할지, 수한은 가시방석 위에 앉은 기분이었다.

"오빠한테 들은 적 있는데, 저분이 그렇게 유명했다며? 장안의 마나님들이 저분 뵈려고 돈 보따리를 싸 들고 쫓아다녔다고 그러더라."

이선이 주절댔지만, 수한의 귀에는 아무 소리도 들리지 않았다.

하얀 바지저고리에 비단 두루마기까지 갖춰 입은 도출이 무대 중앙으로 천천히 걸어 나왔다.

몇몇 사람이 손뼉을 치자 뒤따라 박수 소리가 이어졌다.

"어디 한번 들어 보자구. 변사가 나은지, 전기수가 나은지."

뒷자리 남자의 말이 수한의 뒤통수에 와 꽂혔다.

"정말 재밌겠다. 변사와 전기수의 대결이라니. 안 그래?"

이선도 손뼉을 치며 좋아라 했다.

무성영화는 이야기가 아니라고 했던 도출이었다. 그랬던 스승을 한기는 도대체 무얼로 협박해 무대에 세운 걸까? 수한은 무섭게 무대를 노려보았다.

도출은 낯선 무대에서도 전혀 주눅 들지 않았다. 관객들을 둘러보는 도출의 시선이 자신에게로 향하는 것 같아 수한은 움칠했다.

'스승님, 이왕 여기까지 오셨으니 사람들 코를 납작하게 만드셔야 해요.'

수한은 속으로 외쳤다. 아니, 소리 높여 외치고 싶었다. 손바닥에 땀이 찼다. 목이 바짝바짝 말랐다.

도출은 관객들을 향해 깊이 고개 숙여 인사했다.

"이야기를 시작하기 전에 밝혀 둘 말이 있습니다. 여기 계신 어떤 분들은 전기수가 낫나 변사가 낫나 하고 저울질을 하실지도 모르겠습니다만……."

도출이 입을 열었다.

"어이쿠, 그 사람 족집게구면."

옆 사람의 말에 이선이 제 생각을 들키기라도 한 듯 흠칫했다.

"단성사 사장님께서 제게 공연을 부탁하셨을 때는 이렇게 넓은 극장에서 소설을 읽는 게 합당한가 싶어 조금 망설였습니다. 변사는 활동사진의 장면을 해설하고, 또 주인공이라든가 만든 사람, 이야기가 벌어지는 장소같이 활동사진을 보기 전에 알아 두어야 할 것을 일러 주지요. 여러분의 눈을 더 즐겁게 해 주기 위해서 말입니다. 이에 견준다면 전기수는 눈이 아니라 마음으로 이야기하는 사람입니다. 그러니 어떤 분들은 자못 지루할지도 모르겠습니다. 하지만 전기수든 변사든 모두 여러분을 때로는 박장대소하게, 또 애간장을 녹이게 한다는 점에서 서로 많이 닮았지요."

여기까지 말하고 나서 도출은 잠시 호흡을 가다듬었다. 수한의 가슴이 쿵쾅댔다.

"저는 조금 전 측간에 잠시 들렀습니다. 이런 공연이 처음이라 몹시 긴장했나 봅니다."

여기저기에서 쿡쿡 웃음소리가 터졌다.

"이렇게 많은 사람 앞에는 처음 서 봤을 테지. 오줌은 안 지

렸나 몰라."

사람들이 피식거렸다.

"측간 뒷문에 인력거들이 줄을 서 있더군요. 경성의 인력
거가 죄다 모인 것 같았습니다. 공연이 끝나면 기생들을 태워
갈 테지요. 측간에 앉아 있는데도 분 냄새가 진동을 하더군요.
그걸 보면 요즘 기생들은 임진록에 나오는 기생들과는 많이
다른 것 같습니다. 그래서 오늘은 그 기생 이야기를 들려 드
릴까 합니다."

『임진록』에 나오는 기생이라면, 논개 아니면 계월향 아닌
가? 수한은 왠지 가슴이 터질 것 같았다.

"기생 이야기라니, 그 사람 참……. 세상 돌아가는 사정에는
영 까막눈일세그려."

"맞아. 요새 기생들이 황진이나 논개 같은 기생에게 견줄
깜냥이 되기나 하나, 뭐."

이선도 한마디 거들었다.

하지만 무대 위에서는 객석의 야유 소리가 들리지 않는 모
양이었다.

도출이 부채로 손바닥을 내리쳤다. 이야기를 시작하겠다는
신호였다. 술렁대던 객석이 금세 조용해졌다.

"이야기는 선조 임금이 의주로 피난을 떠나고 왜군이 한양
을 거쳐 북으로 북으로 쳐올라가던 때 평양성에서 있었던 일
입니다. 오래전부터 김응서 장군에게는 계월향이라는 어여쁜

애첩이 있었지요. 왜군이 쳐들어오자 성안이 발칵 뒤집히면서 계월향도 도망을 쳤는데, 그 와중에 그만 왜군에게 잡히고 말았습니다. 함경도 절세미인 계월향을 보는 순간 소서행장*은 애가 탔습니다. 어떤 협박과 회유에도 계월향은 수청 들기를 거부했지요. 기생에게 무슨 절개냐 하시겠지만, 춘향에게 몽룡이 있듯이 계월향에게는 김응서 장군이 딱 그랬던 거지요. 몇 날 며칠을 목에 칼을 들이대고 위협하니 계월향도 울며 겨자 먹기로 소서행장의 수청을 들어야 했습니다. 김 장군을 생각하면 당장에라도 칼을 물고 콱 죽든지, 서까래에 목을 매든지 하고 싶었겠지요."

"하여튼 사내들이란…… 그저 예쁜 여자라면 사족을 못 쓴다니까."

옆자리의 부인이 혀를 끌끌 찼다.

"하지만 계월향은 그럴 수 없었습니다. 때를 기다려야 했지요. 가슴을 졸이던 차에, 왜군이 평양성에서 아주 크게 패하는 바람에 다시는 못 볼 줄 알았던 김응서 장군이 보통문 밖 싸움터에 나타났다는 말을 들었던 것이지요. 어떻게 들었냐구요? 그건 저도 모릅니다. 책에 그냥 들었다고만 적혀 있으니까요."

---

* 소서행장 : 고니시 유키나가(?~1600). 임진왜란 당시 왜군 선봉장이었던 일본의 장수.

사람들이 와하고 웃음을 터뜨렸다.

"이참에 원수를 갚으리라 마음먹고 이제나저제나 기회를 엿보던 계월향은, 어느 날 물 긷는 늙은이를 보게 되었습니다. 그 늙은이는 오랫동안 계월향의 집에 물을 대던 영감이었지요. 하긴 사람 사는 데 물 없으면 안 되는 거 아닙니까? 아마 그때도 봉이 김선달처럼 대동강 물을 파는 노인이 있었나 봅니다. 계월향은 늙은이를 불러 장군에게 비밀 편지를 전해 달라고 했지요. 그 늙은이에게도 목숨을 걸어야 할 만큼 위험한 일이었지만, 늙은이는 계월향의 부탁을 기꺼이 들어주었습니다."

수한은 점점 도출의 이야기에 빠져들어 갔다. 이미 아는 이야기인데도 도출의 입을 거쳐서 나오니 난생처음 듣는 것처럼 새로웠다. 도출은 책의 이야기를 그대로 읽는 것이 아니라 자기 식대로 새롭게 풀어 냈다.

도출의 입을 통해 계월향이 높은 담장 아래로 노인네에게 비밀 편지를 건네주는 아슬아슬한 장면이 펼쳐졌다. 수한은 저도 모르게 가슴이 펄떡였다.

"그러다 들키면 어쩌려고?"

이선은 두 팔로 가슴을 끌어안았다. 도출은 나긋나긋하게 이야기를 해 나가다가 어느 순간 목소리를 높였다. 듣고 있던 사람들이 화들짝 놀랄 만큼 우렁찼다. 곁가지 이야기는 잔망스럽게, 감동적인 부분은 눈물이 쏙 빠지게, 우스개는 배를 끌어안고 나뒹굴 만큼 재미나게 풀었다.

계월향의 편지를 받은 김응서가 깊은 밤 허름한 촌부의 옷으로 갈아입고 왜군의 눈을 피해 연관정으로 들어가는 대목, 이 사실을 미리 알고 있던 계월향이 갖은 아양을 떨어 왜장에게 술을 퍼 먹이는 대목에서는 여기저기서 신음 소리까지 들렸다.

"논개도 저러다가 왜장을 껴안고 강으로 뛰어내렸잖아. 계월향도 설마 그러는 건 아니겠죠?"

"산성이라니까 아마 강이 없을걸요?"

야유를 퍼붓던 사람들도 모두 귀를 쫑긋 세웠다. 이야기는 나지막한 숲을 지나 깊은 계곡을 향해 달려가고 있었다.

누각에서 계월향이 미리 숨겨 둔 보검을 발견한 김응서가 적장의 목을 베는 대목에서는 다들 비명을 질러 댔다.

"어째 조마조마하네요. 저 뒤쪽에 있는 순사들이 가만있을까요? 어쨌든 왜놈 무찌르는 이야기인데."

"가만 안 있으면 지들이 어쩔 건데. 지금 이야기도 아니고 옛날이야긴데, 뭐."

이야기에 빠져 있던 수한은 옆자리 부인의 말을 듣자 갑자기 가슴이 벌렁댔다. 객석 뒤에서는 임석 경관들이 도출의 공연을 지켜보고 있을 터였다.

드디어 김응서 장군이 왜장의 머리를 칼끝에 꿰어 들고 계월향을 안아 말에 태운 채 적진을 뚫고 나오는 대목에서는 몇

몇 사내가 자리에서 일어나 환호성을 질렀다.

수한은 이야기로 사람들을 들었다 놓았다 하는 도출에게 감탄과 존경심이 절로 일었다. 활동사진으로는 담을 수 없는 이야기, 거기에는 눈으로 보지 않고 오직 머리와 가슴으로만 읽어 낼 수 있는 감동과 재미가 있었다. 체기로 꽉 막혔던 가슴을 뻥 뚫어 주는 호쾌함, 명치끝을 예리한 칼로 찔러 대는 듯한 극한의 슬픔은 단 몇 장면의 활동사진으로는 보여 줄 수 없는 것이었다.

"첩은 이왕 죽은 몸이나 다름없는지라 왜적의 손에 죽느니보다 나리 손에 죽는 편이 깨끗하오니, 그 칼로 첩을 죽이시고 장군의 목숨을 보전하세요."

김응서의 뒤를 쫓는 말발굽 소리가 점점 가까워지자 계월향이 눈물로 애원했다. 계월향은 이미 왜군의 칼에 심한 상처를 입은 상태였다. 도출이 그 대목을 들려주는 동안 여기저기서 훌쩍거리는 소리가 들렸다.

마침내 김응서는 창자가 끊어지는 고통 속에서 칼로 계월향을 찌르고 성을 뛰어넘어 달아났다.

"애고, 저런 못된 놈! 죽어도 같이 죽고 살아도 같이 살아야지."

"무슨 소리! 평생 장군의 가슴속에 살아 있으니 그게 더 아름다운 일이지."

저마다 다른 반응이 곳곳에서 들려왔다.

김응서 장군이 적장의 목을 베어 들고 말을 달려 군사들의 환호를 받으며 군영에 도착하는 마지막 대목에 이르자, 관객들은 일제히 일어나서 박수와 환호를 터뜨렸다.

이야기를 끝낸 도출은 관객들을 향해 다시 한 번 고개 숙여 인사했다. 수한과 이선도 일어나서 손바닥이 아리도록 박수를 쳤다.

"정말 대단해! 처음 듣는 이야긴데 속이 다 후련하다."

이선이 감격스러운 목소리로 말했다. 주위가 어수선한 탓에 이선의 말은 토막토막 잘려서 들렸다. 수한은 어깨가 한 뼘쯤 높아진 것 같았다. 스승이 자랑스러웠다. 역시 도출은 제왕다웠다. 수한은 이선을 향해 씩 웃었다.

"어때, 이쯤 되면 전기수가 변사를 이긴 건가?"

"저걸 영화라고 생각해 봐. 변사라고 저 정도 못했겠어? 문제는 영화냐 책이냐 그런 게 아니라 어떤 이야기냐 하는 거겠지. 안 그런가?"

전기수와 변사를 저울질하겠다던 두 사내가 티격태격했다. 어떤 이야기인가가 더 중요하다는 사내의 말에 수한은 저도 모르게 고개가 끄덕여졌다.

"정 선생님 진짜 대단하시다. 저분과 한솥밥을 먹는단 말이지? 조금 부러운걸."

이선이 시답잖은 농담을 했다.

그때였다. 뒤쪽에서 삑 호각 소리와 함께 객석 사이로 후닥 닥 뛰어 내려오는 발소리가 났다. 객석 뒤쪽에 있던 임석 경 관들이었다.

"저놈 잡아라!"

"착석, 착석!"

경관들은 노루를 쫓는 사냥꾼처럼 도출을 향해 서서히 거 리를 좁혀 갔다. 여기저기에서 비명이 터져 나오고, 극장 안은 삽시간에 아수라장이 되었다. 순식간에 무대로 뛰어오른 경관 들이 도출을 에워쌌다. 뛰쳐나갈 기세로 수한이 통로 쪽으로 몸을 돌렸다.

"어쩌려고 그래?"

이선이 수한의 손을 꼭 붙들었다.

"선생님이 위험해!"

수한의 눈에서 불이 일었다. 수한은 사람들 사이를 힘겹게 헤치고 무대 앞쪽으로 달려갔다. 그때 수한은 보았다. 무대 오 른쪽 휘장 뒤에서 아수라장이 된 객석을 훔쳐보고 있는 남자. 한기였다. 예상치 못한 일에 그도 당황했는지 허둥지둥 무대 뒤쪽으로 사라졌다.

12장

오랏줄에 묶여 끌려 나가는 도출의 얼굴은 무표정했다. 절
망도 분노도 느껴지지 않는 평온한 얼굴이었다.

도출의 뒤를 쫓아 수한은 경찰서로 달려갔다. 수한은 경찰
서 안으로 들어가려고 했지만 곤봉을 휘두르는 순사들에게
번번이 쫓겨났다. 먼발치에 원형 시계탑만 보여도 가슴이 벌
렁거리던 수한이었지만 도출의 안위 말고는 아무 생각도 들
지 않았다. 혹시 비밀 출입구가 있나 싶어 경찰서 주위를 살
살이 살펴보았다. 어쩌다 경찰서 문턱을 넘어서기도 했다. 그
때마다 뛰쳐나온 순사들은 한 번만 더 귀찮게 굴었다가는 수
한까지 영창에 가둘 거라고 윽박질렀다.

"스승님을 뵙게 해 주세요. 부탁이에요."

순사들은 "역시 불령선인의 제자 놈도 불령선인이군." 하며

수한을 경찰서 마당에 내팽개쳤다. 바닥에 손바닥이 쓸려 화끈거렸다.

경찰서 안에서는 서너 명의 순사들이 모여 이야기를 하고 있었다.

"이렇게 배포 큰 놈은 처음이라니까. 지금이 어떤 세상인데 극장에서 대일본 제국의 장수를 죽인 이야기를 주절주절 떠들어?"

"전기수 저놈이 중부서에서 눈독 들이는 정도출 맞지요?"

"우리 종로서가 잡다니, 몇 달 만의 쾌거 아니오. 하하!"

그들은 노획물을 앞에 둔 기세등등한 사냥꾼들이었다.

"그런데 좀 이상하지 않아요?"

"뭐가?"

"아무리 간이 커도 그렇지, 바보가 아니고서야 극장에서 일본 장수를 죽인 조선 기생 이야기를 할 수 있겠어요? 공범이 있을 것 같지 않습니까?"

순사 하나가 목소리를 한껏 낮추고 말했다.

"공범?"

"혹시 단성사 사장 아닐까요? 사장이 직접 찾아가서 무대에 서 달라고 했다잖아요?"

"그건 아냐. 사장한테서는 옛날 청계천에 살던 거지 이야기를 한다는 보고를 받았어. 그리고 단성사 사장이 누군지 알아? 괜히 잘못 건드렸다가는 총독부 눈 밖에 나는 것은 물론

185

이고 까딱 잘못하면 우리 목까지 날아갈지 몰라."

서장의 호통에 다들 자라목이 되었다.

"내일 아침에 정도출 집에 가서 증거가 될 만한 건 없는지 살살이 뒤져 봐. 그리고 오늘 정도출이 잡혀 온 일은 당분간 바깥으로 새어 나가지 않게 단단히 주의하고."

"그건 서장님 말씀이 맞습니다. 3·1만세 운동 이후 조선인들에게 집회의 자유 뭐 이런 걸 주지 않았습니까? 괜히 조선인 단체에서 자유니 뭐니 하면서 들고일어나면 골치 아프다니까요."

"다들 이리 모여 봐. 조선 속담에 낮말은 새가 듣고 밤말은 쥐가 듣는다던데······."

순사들이 머리를 맞대고 무슨 말인지 쑥덕거렸다. 수한의 귀에는 아무 말도 들리지 않았다. 하지만 서장이 말한 증거 어쩌고 하는 말에 가슴이 철렁 내려앉았다.

통금 시간이 다 되어서야 수한은 집으로 발길을 돌렸다. 발밑에 숫돌을 매단 것처럼 다리가 무거웠다. 도출을 생각하니 가슴 위에 맷돌을 얹은 것 같았다.

'그깟 옛날이야기 좀 했다고 무슨 큰 죄가 되겠어?'

어쩌면 선생님은 내일 아침에라도 풀려날지 모를 일이다. 수한은 자꾸만 나쁜 쪽으로 치닫는 생각을 지우려고 애썼다. 수한은 방문 밖이 훤해지도록 잠을 이룰 수 없었다. 장생도 아랫목에서 잔뜩 몸을 구부린 채 쪽잠을 잤다.

"수한아, 수한아!"

누가 조심스럽게 대문을 두드리는 소리가 들렸다. 새벽 찬 바람에 새파랗게 언 진우였다. 얼마나 급히 달려왔는지 진우는 거친 숨을 몰아쉬었다. 진우가 들어오자마자 수한은 재빨리 대문을 걸어 잠갔다.

"이선이가 말해 줘서 알았다. 어젯밤에 오려고 했는데, 지켜보는 눈이 많아서 이제야 왔어."

진우는 방 안을 두리번거렸다.

"선생님 책은 어디 있지? 그걸 숨겨야 하는데."

진우가 다급한 목소리로 말했다.

"제가 치웠어요."

"뭐?"

진우의 눈이 휘둥그레졌다.

"어제 경찰서 순사들이 스승님한테 불령선인이라고 그랬어요. 불온한 조선 사람이라는 뜻이잖아요. 아마 어제 스승님이 계월향 이야기를 한 것 때문일 거예요."

"어떻게 책 치울 생각을 했니?"

진우가 대견스럽다는 듯 수한의 등을 두드렸다.

"경찰서장이 순사들에게 아침에 집에 와서 증거물을 찾으라고 그랬거든요."

"증거물?"

진우의 얼굴이 심하게 일그러졌다.

"네. 집으로 오는 내내 곰곰이 생각하다가 퍼뜩 선생님 방에 있던 책들이 떠올랐어요. 처음에는 빈 공책이었는데 며칠 지나서 보면 글자가 빽빽이 적혀 있더라구요."

"그래서 읽어 봤니?"

"아뇨. 스승님 물건은 허락 없이 함부로 건드리지 않아요."

수한이 딱딱한 얼굴로 말했다.

"그랬구나. 그래 어디다 숨겼어?"

"김장독에 넣어서 뒤란에 파묻었어요."

수한의 목소리가 작아졌다.

"잘했다. 혹시나 싶어서 말이야. 순사 놈들은 조그만 꼬투리만 있어도 불령선인이니 꼬뮤니스트니 몰아세우려고 달려들 거야."

"꼬뮤니스트가 뭐예요?"

"사회주의자라고도 하는데, 다 함께 일하고 다 함께 나누자는 새로운 사상을 실천하려는 사람들이야."

"그건 좋은 거 아닌가요?"

수한은 다 함께 일하고 다 함께 나누는 세상이 되면 서로 헐뜯고 더 가지려고 남의 것을 빼앗는 일은 없어질 것 같았다.

"괜한 걱정을 했네. 이선이가 하도 닦달을 해서 날이 새자마자 달려왔더니."

진우의 해쓱한 얼굴에 화색이 돌았다.

"혹시 저랑 같이 경찰서에 가 주실 수 있어요? 전 어린애라 면서 상대도 안 해 줘요. 스승님이 어떻게 되셨는지 너무 걱 정돼요."

"아, 그래. 그러자. 난 순사들 눈 때문에 갈 수 없지만, 홍연 이가 같이 가 줄 수 있을 거야. 지난번 일도 있고 해서, 내가 갔다가는 오히려 정 선생님을 더 힘들게 할지 몰라."

방문이 열리며 장생이 불쑥 방으로 들어왔다. 장생은 진우 에게 넙죽 인사를 했다.

"선생님 방에 있는 책들 중에 감춰야 할 게 더 있는지 봐야 겠다. 끝나면 경찰서 앞에서 홍연이를 만나 아침 먹자꾸나."

먹는 거라면 무덤에서도 뛰쳐나올 장생마저 기운이 하나도 없었다.

홍연의 애원도 허사였다. 얼굴이 험상궂은 순사가 도출은 조사받을 게 더 있고, 이틀 뒤에 서대문 형무소로 보내질 거 라고 했다. 서대문 형무소라면 사상범을 잡아 가두는 감옥 아 닌가! 수한은 온몸이 바들바들 떨렸다.

"선생님이 무슨 사상범이라도 되나요? 공연장에서 공연한 게 무슨 죄라고 이렇게 가둬 두는 거예요? 경찰서장님 좀 만 나게 해 주세요."

홍연이 야무지게 따졌다.

"공연도 공연 나름이지. 대일본 제국의 장수를 죽인 얘기를 했는데, 그게 죄가 아니란 말이냐?"

일본인 순사가 눈을 부라렸다.

"옛날이야기잖아요. 그것도 옛날 책에 실려 있는 거라고 요."

"우리를 바보로 아는 거냐? 다 계획한 일이라는 증거도 있으니까 아무리 발뺌해도 소용없을 거다."

순사는 다 잡은 먹잇감이라는 듯 큰소리를 쳤다.

"극장 쪽에는 청계천에 살던 어떤 괴상한 거지 이야기를 한다고 해 놓고는 갑자기 이야기를 바꾼 것도 미리 작정한 게 분명해."

순사 하나가 입에 거품을 물었다.

"그냥 이야기일 뿐이에요. 그날 정 선생님도 극장에 유독 기생이 많은 걸 보고, 준비해 간 이야기 대신 기생 이야기를 한 거라고 공연 전에 밝혔다잖아요. 그러니 미리 무슨 의도를 품고 한 일이 아니지요."

홍연은 마치 어제 단성사에 있었던 일을 눈앞에서 본 것처럼 조목조목 짚어 말했다.

"의도가 있든 없든 그자가 한 이야기가 문제라는 뜻인데, 못 알아듣는 거야 아니면 알면서도 모르는 척 시침을 떼는 거야? 따지는 품이 여간내기가 아닌데, 기생이면 술이나 팔고 춤이나 춰. 대일본 제국이 하는 일에 감 놔라 대추 놔라 끼어들지 말고."

190

순사의 입에서 나온 기생이라는 말에 홍연의 얼굴이 파랗게 질렸다.

"죄 없는 사람을 무조건 가두는 게 대일본 제국의 법인가요? 당신도 조선인이면서 어떻게 그렇게 말할 수 있어요?"

홍연의 말에 순사 하나가 책상을 쾅 내리쳤다. 수한과 장생은 간이 오그라드는 것 같았다.

"아침 댓바람부터 소란 떨지 말고 그만 가 봐. 자꾸 이러면 공무 집행 방해죄로 당장 수갑을 채울 테니까. 더는 상대하기 싫으니까 그만 돌아가!"

순사의 협박에 홍연도 더 버티지는 못했다. 홍연은 공손히 인사하며 내일 다시 오겠다는 말을 덧붙였다.

"아, 거기. 한 일주일 뒤에 다시 와 봐. 죄 없으면 풀어 줄 테니까."

순사 하나가 뒤따라 나와 귓속말을 했다. 일본 순사들의 서슬에 눈치만 보던 조선인 순사였다.

"수한아, 일주일 뒤에 다시 오자꾸나."

"그때는 벌써 형무소에 갇히신 뒤잖아요. 날씨도 점점 추워지고 몸도 안 좋으신데……."

수한의 눈에 설핏 물기가 어렸다. 수한은 원형 시계탑이 무너지며 자기를 짓누르는 것 같았다.

집으로 돌아온 수한과 장생은 난장판이 된 집 안을 보고 기가 막혔다. 부엌에는 그릇들이 떨어져 나뒹굴고, 아궁이 속까지 뒤졌는지 재와 타다 만 나뭇조각들이 바닥에 널브러져 있었다. 도출의 방은 더 엉망이었다. 옷가지며 책들이 갈기갈기 찢겨 있었다.

장생은 엉엉 울면서 부엌을 치우기 시작했다. 수한은 뒤란으로 갔다. 굴뚝도 무너져 파편으로 주위가 어지러웠다. 앵두나무 아래 파묻어 둔 김장독은 무사했다. 천만다행이었다.

수한과 장생은 날마다 경찰서와 형무소를 기웃거렸지만 번번이 아무 소득 없이 돌아왔다. 일주일 뒤에 오라는 말은 얼른 쫓아내려고 그냥 둘러댄 말 같았다.

나흘째 되던 날 진우가 집으로 찾아왔다.

"홍연이가 순사들 떠드는 소리를 들었는데, 최 변사가 증거물을 절대 안 내놓겠다고 버티고 있다더라."

"증거물요?"

"뭐 서류 뭉치 같다는 말도 있고……. 설마 책은 아니겠지? 책은 다 감췄잖아."

"저번에 한기 어른한테 책 드린 적 있는데."

장생이 겁먹은 얼굴로 우물거리더니, 수한의 표정을 보고는 바짝 얼었다.

"내가 뭐 잘못한 거야? 한기 어른이 쌀 살 돈도 대 주시고 해서 고마운 마음에…… 뭐 드릴 게 없나 고민하다가…… 선생님 방에 한글로 쓰인 책이 있기에…… 스승님은 그런 책 안

보시니까 필요 없는 것 같아서…… 손으로 쓴 책이라 돈 주고 샀을 것 같지 않아서 말야. 그 책 중요한 거야?"

장생이 허둥지둥 횡설수설했다.

"모두 다 내 잘못이다."

진우가 실성한 사람처럼 머리를 쥐어뜯으며 말했다.

"왜요? 형님이 어쨌게요?"

수한이 기겁해서 되물었다.

"처음 명월관에 갔을 때 정 선생님이 동진이를 거둬 주신 분이라는 것을 알았어. 그때 정 선생님은 고민이 아주 많으셨지. 몸도 무척 안 좋으셨고."

"가슴병이 도져서 그러신 거예요."

장생의 목소리에서 걱정이 덕지덕지 묻어났다.

"선생님은 더 늦기 전에 무엇이든 해야 한다며 무척 조바심을 내셨어. 무성영화에 밀려 이야기꾼이 설 자리가 점점 줄어드는 데다, 요즘 내선일체니 뭐니 하면서 일본이 우리말을 못 쓰게 할지도 모른다는 생각을 하시는 것 같았어. 하긴 벌써 보통학교에서 조선어 수업을 줄인다 어쩐다 하는 꼴이 수상하긴 해. 마침 우리말을 정리해 보자고 뜻을 모은 단체가 있어 선생님께 소개해 드렸지."

"거기가 조선어연구회인가요?"

진우가 멍한 얼굴로 고개를 끄덕였다.

"평생 책만 읽으신 분이니까 알고 있는 이야기를 우리말로 정리해 보면 어떻겠느냐고 그곳에서 제안했고."

"그럼 그 책들이?"

수한은 그제야 도출이 몇 날 며칠을 방 안에서 무슨 일을
했는지, 왜 일주일에 한 번씩 시내로 외출했는지도 알 것 같
았다.

"처음엔 정 선생님도 이야기를 글로 쓰는 걸 힘들어하셨어.
혹시 도움이 될까 싶어 로서아 민담집과 일본에서 번역한 다
른 나라 이야기책을 몇 권 드렸지. 점점 자신이 붙으셨는지
요즘은 그 많은 이야기를 다 쓰지 못하게 될까 봐 걱정하셨는
데, 이런 일이 벌어진 거야."

수한의 눈가가 붉어졌다. 그런 수한의 어깨를 다독이던 장
생의 눈에도 물기가 어렸다.

"너무 걱정하지 말자. 정 선생님이 지어낸 것도 아니고 이
미 책으로 나온 이야기를 하신 거니까. 최 변사가 끝까지 버
텨 줘야 할 텐데, 그게 걱정이다만……."

진우는 여러 말로 수한을 안심시키려 했다. 하지만 수한은
진우의 이야기를 듣자 가슴이 더 답답해졌다. 단성사 공연이
아니라 도출이 쓴 이야기책이 더 큰 문제일 것 같았다.

"제가 바보예요. 저 때문에 스승님이 갇히신 거예요. 오갈
데 없는 저를 거둬 주신 고마운 분인데……. 제가 죽일 놈이
에요."

장생이 제 머리를 쿵쿵 쥐어박았다.

194

"너무 자책하지 마라. 그게 다 네가 글을 몰라서 그런 거니까, 이 기회에 한글을 배워서 선생님께 보여 드리면 되지."

눈물 자국이 번들거리는 얼굴로 장생이 몇 번이나 고개를 끄덕였다.

한 달 내내 도출은 형무소에 갇혀 지냈다. 순사들은 그런 공연을 한 숨은 목적이 무엇이냐고 도출을 닦달했다. 뭔가 있을 거라며 밤낮없이 계속되는 고문과 심문에 도출은 마음도 몸도 지쳐 갔다. 진우와 도출이 자주 만났다는 말이 새어 들어갔는지 진우도 경찰서에 잡혀 들어갔다. 김 대감이 어떻게 손을 썼는지 아니면 도출의 자백을 끌어내기 위한 위협용이었는지, 진우는 사흘 만에 풀려났다.

광통교로 진우가 찾아왔다. 며칠 만에 보는 진우는 많이 야위고 해쓱한 몰골이었다. 진우는 수한을 데리고 피맛골 돼지국밥집으로 갔다. 뜨끈뜨끈한 국밥을 보니 수한은 도출 생각에 목이 메었다.

"최 변사가 정 선생님한테 무대에서 같이 겨뤄 보자고, 그러지 않으면 자기가 갖고 있는 이야기책을 경찰서에 내주겠다고 협박했다는구나."

진우가 손가락을 우두둑 꺾었다.

"왜 그러셨대요? 스승님은 절대 변사가 되지 않겠다고 한기 어른한테 단단히 못 박았었는데."

"너 때문일 거야."

"저 때문이라구요?"

수한이 새된 소리로 되물었다.

"네가 최 변사한테 절대 변사 안 하겠다고 했다며? 그래서 정 선생님이 무대에 섰다가 사람들에게 야유를 받거나 시시하다는 소리를 들으면 네가 그걸 보고 마음을 바꿀 거라고 생각했겠지. 그런 얕은 수작을 벌이다니, 최 변사도 정 선생님한테 꽤나 쌓인 게 많은 모양이야."

"그걸 어떻게 아셨어요?"

"동진이한테서. 최 변사한테 정 선생님을 무대에 세우려면 너를 이용하라고 한 것도, 순진한 장생이를 꼬드겨 네가 최 변사를 만나게 한 것도 다 동진이 머리에서 나온 거였어. 어쨌든 미안하구나. 동진이 대신 내가 사과하마."

진우는 국밥을 떠서 수한의 그릇에 덜어 주었다.

'그래서 그날 이제 내 길을 가라고 말씀하신 거구나.'

수한은 도출이 엉망으로 취해서 돌아온 날 힘겨워하던 모습을 떠올리자 가슴이 먹먹해졌다.

세밑 추위가 살을 파고들었다.

수한은 혹시나 싶어 아침마다 형무소 주위를 빙빙 돌았다. 자기 때문에 도출이 형무소에 갇힌 것만 같아 마음이 무거웠다. 살을 에는 추위에 도출의 가슴병이 도지는 건 아닐까 하

196

는 걱정부터 앞섰다.

아침부터 감나무 위에서 까치가 유난히 크게 짖었다.

"좋은 소식이 있으려나 보네. 까치가 저렇게 반갑게 우는
걸 보니."

장생이 감나무를 올려다보며 환하게 웃었다. 수한은 오늘따
라 왠지 까치가 반가웠다.

아침상을 막 물리려고 할 때 순사 하나가 대문을 거칠게 두
드렸다. 찬 바람에 꽁꽁 언 얼굴이었다. 도출이 갑자기 쓰러져
병원으로 옮겼다는 말만 하고 순사는 내빼듯 되돌아갔다.

수한과 장생은 한달음에 병원으로 달려갔다. 칼바람이 볼을
저미는 날씨였다. 병원에서 만난 도출은 광대뼈까지 툭 불거
져 나와 초췌하기 그지없었다. 수한은 눈물을 참느라 입술을
깨물었다. 장생은 도출의 침대로 달려가 울음을 터뜨렸다.

"누가 죽기라도 했냐? 사내자식이 울기는……."

도출이 힘겹게 일어나 앉았다.

"그래, 내가 쓴 이야기책은 읽어 봤느냐?"

"네, 매일매일요. 아직 더듬거리긴 하지만 장생이도 거의
다 읽었는걸요."

"저 이제 글자 읽을 수 있어요."

장생이 가슴을 내밀며 자랑했다.

"오, 그러냐? 그래, 참 잘됐다. 잘됐어."

도출이 제 일처럼 기뻐했다.

"이야기책은 재미있더냐?"

푹 꺼진 도출의 눈이 빛났다.

"네, 아주아주 재미있어요. 장생이가 호롱불 심지 닳는다고 얼마나 야단인데요."

"달빛도 환하니까……."

장생은 언제 울었냐는 듯 소매 끝으로 눈가를 훔쳤다.

"주경야독이 따로 없구나. 어떻게 재미나더냐?"

도출이 힘겹게 몸을 앞으로 내밀며 물었다.

"소설책은 너무 생략된 대목도 많고, 또 춘향전 같은 책은 판소리하는 것 같아 읽기가 좀 뭣했는데, 스승님이 쓰신 이야기는 바로 옆에서 들려주는 것처럼 생생하고 재미있어요. 스승님이 단성사에서 들려주셨던 계월향 이야기처럼요."

"저도요."

장생이 수한의 말에 맞장구를 쳤다.

"수한아, 장생아!"

도출이 장생과 수한을 침대 옆으로 불러 앉혔다.

"세상에는 수많은 이야기가 있단다. 사람이 생겨나면서 이야기도 시작된 거야. 슬픈 이야기, 기쁜 이야기, 무서운 이야기, 별별 이야기가 다 있지."

"네, 맞아요. 오늘 아침에 까치가 나무 위에서 한참을 울다 갔어요. 선생님을 뵈러 오려고 그랬나 봐요. 아마 그 까치도 누가 보고 싶어서 그렇게 우는 거겠죠?"

장생이 신이 나서 떠들었다.

"그래, 그래. 장생이도 타고난 이야기꾼이 되겠구나."

도출의 칭찬에 장생이 머쓱해서는 몸을 꼬았다.

"언젠가 물었지? 왜 변사가 되지 않았느냐고?"

도출은 장생과 눈을 맞추었다.

'저는 스승님이 이렇게 될 줄 알면서 왜 무대에 섰는지 그게 더 궁금한걸요.'

그 말이 수한의 혀끝에서 맴돌았다.

"공연을 부탁하러 온 단성사 사장이 그러더구나. 좋은 이야기는 장소와 때를 가리지 말아야 하는 거 아니냐고. 그러니 총칼의 위협 따윈 두려워하지 말아야겠지."

수한의 마음을 들여다본 듯한 말이었다. 도출은 측간에 갔다가 인력거를 보고 갑자기 이야기를 바꾼 것이 아니었다. 미리 작정하고 계월향 이야기를 한 것이었다.

"이야기를 풀어 가는 방식이 다를 뿐 무성영화도 이야기의 한 갈래라는 걸 그날 알게 되었다. 전기수는 말로, 소리꾼은 판소리로, 화가는 그림으로, 이야기꾼은 책으로, 저마다 자기 방식으로 이야기를 들려주는 거란다. 나는 내가 좋아하고 잘하는 방식으로 이야기를 들려주려고 평생을 애써 왔다."

도출은 수한과 장생의 손을 끌어 무릎에 얹었다. 손끝에 닿는 앙상한 다리가 애처로웠다.

"사시사철 바람과 햇빛이 다르듯, 사는 때마다 사는 곳마다

199

이야기도 다 다른 법이다. 글자가 없을 때는 이야기가 순전히 입에서 입으로 전해졌고, 이백 년 전 조선에서는 소설이라는 책으로 전해졌고, 지금은 무성영화가 대세지. 그러나 변하지 않는 건 그게 모두 이야기라는 것이야."

도출은 말을 너무 많이 해서 그런지 피곤하다며 다시 침대에 누웠다. 수한은 돌아오는 내내 도출의 마지막 말이 귓가에 쟁쟁했다.

일주일 뒤, 도출은 숨을 거두었다. 진우와 이선, 홍연이 찾아왔다. 어떻게 알았는지 동진도 장례식에 나타났다. 동진은 밤을 새워 도출의 곁을 지켰다. 수한은 동진이 무슨 생각으로 왔는지, 스승에게 어떻게 용서를 빌었는지 궁금하지 않았다. 단성사 사장과 함께 온 한기는 통곡 끝에 미안하다는 말을 몇 번이고 되풀이했다.

수한은 장례식 내내 한 방울도 눈물을 흘리지 않았다. 저세상에서도 도출은 아무나 붙잡고 이야기를 들려주고 있을 거라는 생각이 들었다.

수한과 장생은 이레 만에 집으로 돌아왔다. 며칠 사이 눈두덩이 푹 꺼진 수한에게 진우는 힘들면 언제든지 찾아오라고 여러 번 당부했다.

"날 풀리면 고무 공장에 자리 좀 알아봐야겠어."

장생은 그도 안 되면 남대문시장에 나가 등짐이라도 지겠다며 공연히 너스레를 떨었다.

"수한이 넌 봄 되면 광통교에 다시 나갈 거지?"

"난 스승님의 말씀을 따르려고."

"그게 무슨 말이야?"

장생은 더 캐물으려다 말고 방으로 들어갔다. 한참 만에 장생은 수한의 책이며 옷가지를 한 아름 안고 나와 도출의 방에 옮겨 놓았다.

"이제 이 방은 네 방이야. 여기에서 이야기책을 쓰든지, 아니면 책을 읽든지 네 맘대로 해."

장생이 선심이라도 쓰는 것처럼 한껏 목소리를 높여 말했다. 수한이 희미하게 웃었다.

수한은 우물이 있는 뒤란으로 갔다. 한겨울 추위에 우물 가장자리가 얼어붙었지만 깊이는 예전 그대로였다. 수한은 두레박으로 물을 길어 올렸다. 수한은 밥알이라도 씹는 것처럼 천천히 물을 마셨다. 도출만 여기 없을 뿐 바뀐 것은 아무것도 없었다. 앙상한 저 감나무에도 곧 새 움이 트겠지. 수한은 감나무 둥치를 오래도록 껴안았다.

"사람이 있는 곳에는 수많은 이야기가 있지. 전기수는 그저 주인인 이야기를 따라가면 되는 거다."

감나무 둥치 깊숙한 곳에서 도출의 목소리가 들리는 것 같았다.

며칠 동안 수한은 뒤란도 살피고, 쌀독도 들여다보고, 그러다 틈만 나면 여기저기 쏘다녔다. 갑작스러운 도출의 죽음에 마음 붙일 데가 없어서 그러나 싶어 장생은 수한을 잠자코 지켜보기만 했다.

"너만 괜찮다면 동진이도 다시 오라고 그럴까? 옛 동무들이 다시 뭉치는 거지."

장생이 수한을 떠보듯 물었다.

"네 맘대로 해. 그런데 스승님이 쓰시던 가방 어디 있는지 알아?"

"갑자기 그건 왜?"

무슨 낌새라도 챘는지 장생의 목소리가 떨렸다.

한겨울답지 않게 날씨가 푸근했다.

아침부터 종이를 꺼내 놓고 한참 동안 낑낑대던 장생이 커다란 종이를 자랑스럽게 수한에게 들이밀었다.

'이바구를 들려줍니다.'

서툰 솜씨였지만 틀린 글자는 하나도 없었다.

"누가 내 이야기를 듣자고 오기나 할지 모르겠지만, 당장은 이 일부터 시작하려고."

"제법인걸!"

장생은 그 종이를 대문에 붙여 놓고 10분마다 한 번씩은 대문을 열었다 닫았다 했다.

"갑수도 있고, 청계천에서 같이 지냈던 옛날 네 동무들도 있잖아. 그러다 보면 네 이야기 솜씨가 소문나서 다른 사람들도 찾아오겠지. 너라면 잘할 수 있을 거야."

수한의 부추김에 장생이 어깨를 으쓱했다.

종이를 써 붙인 지 나흘째 되던 날 갑수가 한 무리의 아이들을 데리고 대문 안을 기웃거렸다. 장생은 죽은 사람이 살아 돌아오기라도 한 것처럼 맨발로 뛰어나갔다.

장생이 장롱 속에 있던 도출의 가방을 수한 앞으로 내밀었다. 수한은 가방을 제 앞으로 끌어당겨 도출이 쓴 이야기책 서너 권과 『로서아 민담집』, 『사랑의 선물』을 옷가지 사이에 끼워 넣었다.

"너 정말 떠날 거야? 어디 갈 데는 정했고?"

장생이 걱정스러운 목소리로 물었다.

"아니, 발길 따라 그냥 가 볼래. 스승님이 그러셨잖아. 사람 사는 곳에 이야기가 있다고. 그러니 내 이야기를 들어줄 사람들도 있지 않겠어?"

그래도 설은 쇠고 가라며 장생이 붙잡았지만 수한은 한사코 뿌리쳤다. 마음이 급했다. 어디서 이야기가 자신을 부르는 것 같았다.

"더 잡지는 않을게. 돌아다니다 힘들면 언제든 다시 와라. 그때쯤이면 나도 광통교에서 이야기를 팔고 있을지 모르잖아. 이제 수한이 네가 없으니 광통교 제일 전기수는 이 장생이 되는 건가?"

장생의 넉살에 수한이 환하게 웃었다. 사람들에게 둘러싸여 이야기를 풀어 놓는 장생의 모습이 눈앞에 그려졌다.

수한은 경성역을 향해 힘차게 걸었다. 동지섣달 매운바람이 옷깃을 파고들었다. 수한은 움츠러드는 가슴을 크게 폈다. 칼바람 속에 따뜻한 봄기운이 담겨 있을 거라 믿었다.

수한은 경성에서 가장 높다는 종로 경찰서 원형 시계탑을 한참 동안 올려다보았다. 흐릿한 시야 속에 환하게 웃는 도출의 모습이 보였다. 수한은 부지런히 발걸음을 옮겼다. 멀리 기적 소리가 들려왔다.

우리는 왜 이야기를 좋아하는가?

장석주 | 시인, 문학평론가

1. 이야기, 그 무한한 생명력의 원천

이 세상은 온갖 이야기로 가득 차 있는 경이로운 세계다. 이야기는, '그리고'라는 접속사로 또 다른 이야기를 이어 붙이며 꼬리에 꼬리를 문다. 이야기를 끌고 가는 것은 사람이지만 그 뒤에 조력자가 숨어 있는데, 그것은 바로 시간이다. 시간의 흐름 속에서 사람과 세계는 변한다. 새날이 오고 새로운 삶이 생긴다. 더불어 새로운 이야기들이 나타난다. 더 정확하게 말하자면 이야기의 핵심은 시간 속에 펼쳐지는 사건의 전개이다. 이야기는 시간의 흐름을 벗어날 수가 없다.

세상은 수많은 이야기가 번성하는 자리다. 홍수가 세상을 쓸어 간 이야기, 억울하게 죽은 사람이 귀신으로 나타나 악

인을 괴롭히는 이야기, 악마에게 제 영혼을 파는 이야기, 계모에게 핍박받는 아이들의 이야기, 숲 속에서 백 년 동안이나 잠자고 있는 공주 이야기, 욕심 많은 부자 형과 착하고 가난한 동생의 이야기, 사람 발길이 한 번도 닿지 않은 미지의 땅에 들어가 겪는 흥미로운 모험 이야기 등등……. 이 세상에 차고 넘치는 이야기들은 이미 우리 삶의 중요한 한 부분을 차지한다.

따라서 이야기는 삶과 기억에 기대어 만들어지지만, 그것이 진정한 가치를 얻는 순간은 삶과 기억이 가리고 있는 '진실'을 말할 때다. 이야기는 숨겨진 것을 드러내고 어둠 속에 있는 것에 빛을 쬐인다. 그런 의미에서 볼 때 상상력은 삶과 기억의 씨앗들이 이야기로 발하는 데 가장 큰 촉매제요, 자양분 노릇을 한다. 상상력이 보태어지면 삶과 기억은 질적 전환을 이루며 전혀 다른 것으로 바뀐다. 이야기에 새로운 빛과 향기를 불어넣는 것이다.

그렇다면 한번 곰곰 생각해 보자. 사람들은 왜 이야기를 좋아할까?

다른 무엇보다도 그것이 '나'와 다른 사람들, 다른 세계의 이야기이기 때문이다. '나'는 다른 사람들, 다른 세계 이야기들 속에서 '나'와 닮은 꼴을 찾아낸다. "아, 다른 사람도 나와 다르지 않구나!" 하며 이야기의 주인공과 자신을 동일화하는 체험을 한다. 이야기 속 주인공의 환경이나 처지뿐 아니라 그

206

들이 겪는 심리 상태, 즉 슬픔, 회한, 분노, 공포에 자신의 마음을 포개고 그것들을 자기 것으로 겪어 낸다. 아울러 이야기 속의 주인공과 '나'의 동일화는 밋밋한 일상에 활력을 불어넣는다. 별것 아닌 것만 같은 '나'의 삶이 특별하다는 느낌을 얻는 것이다. 그 감정 동일시를 통해 우리는 카타르시스를 느낀다. 카타르시스는 감정의 찌꺼기들을 털어 내면서 겪는 일종의 자기 정화다.

그와 동시에 우리는 "아, 이것은 내가 알던 세계, 혹은 내가 살아온 삶과 많이 다르구나!" 하며, 다름 속에서 신기와 놀라움이라는 정서적 경험을 하기도 한다. 이야기 속에서 찾아낸 '나'와 다름은 우리를 '나는 누구인가?'라는 근원적 물음 앞에 세운다. 그 근원적 물음의 효과는 이야기에 비추어 '나'의 마음 깊은 곳에 있는 갈망과 충동을 돌아보게 만든다. 『뽀이들이 온다』의 작중인물인 장생과 수한의 문답은 이야기의 본질이 무엇인지 잘 나타내고 있다.

"근데 넌 왜 이야기가 좋아?"

장생이 뜬금없이 정색을 하고 물었다.

"글쎄…… 이야기 속에서는 가 보지 못한 세상, 살아 보지 못한 시간 속으로 갈 수 있잖아. 공자 왈 맹자 왈 어려운 말이 아니라 재미나고 생생한 이야기로 어떻게 살아야 하는지를 가르쳐 주기도 하고." (65쪽)

수한의 말에서 알 수 있듯, 이야기의 본질은 재미와 생생함, 그리고 인생에 대한 지혜와 통찰에 있다. 그것은 곧 이야기가 이야기로서 살아 있게 하는 힘이기도 하다.

사람들은 이야기가 재미있기 때문에 굳이 시간을 내고 돈을 내면서 들으려고 한다. 이야기는 재미와 생생함으로 무료하고 권태로운 일상에 풍성한 생명력을 불어넣는다.

2. 새로운 것과 낡은 것이 충돌한 문명의 대전환기, 1920년대

『뽀이들이 온다』는 일제 강점기를 배경으로 이제는 사라진 '전기수(傳奇叟)'라는 이야기꾼들의 세계를 보여 준다. 초점 화자인 수한의 이야기이고, 더 넓게 보자면 새로운 문명이 움트는 근대 초입에 직업 이야기꾼들이 겪는 부침(浮沈)에 관한 소설이다.

전기수는 조선 시대 때부터 있었던 이야기꾼으로 장터에서 민초들을 모아 놓고 이야기를 들려주는 사람들이다. 이야기를 돈 받고 판다는 점에서 어엿한 직업이다. 전기수는 전근대의 예인이고, 민초의 사랑을 독차지하는 직업인이었다. 그들의 활동은 이야기를 독점하고 이야기를 신명 나게 풀어내어 민초들에게 여흥을 제공하는 엔터테인먼트였다. 그 자체가 하나의 문화 콘텐츠였던 셈이다.

그중에서도 정조 시대의 김중진은 전기수 세계에서 신화가 된 실존 인물이다. 김중진이 이야기를 풀어내는 솜씨는 천하가 다 알아주었다.

"한 대목 한 대목 이야기를 풀어 나갈 때는 가슴을 꼭꼭 찌르듯 얼마나 실감 나게 말했던지, 마치 딴 세상에 가 있는 것 같았다더라."(102~103쪽)

빼어난 입담으로 풀어내는 전기수의 이야기는 사람들의 마음으로 스며들어 감화와 감동을 불러일으키고, 사람들의 마음을 뒤흔들어 의미 있는 변화를 이끌어 냈다.

"그 어른이 하는 이야기를 들으면 슬픈 사람은 위로를 받고, 나쁜 마음을 먹었던 사람은 부끄러움에 울음을 터뜨렸다고 하더라. 굳이 요전법을 쓰지 않아도 저절로 사람들이 주머니를 열었지. 소문이 나서 대감댁 안방마님도, 기생집에서도 돈을 싸 들고 와서는 어른을 모셔 가려고 난리였다는구나."(103쪽)

천하제일 전기수 김중진은 모든 전기수들의 꿈이고 이상이다. 극중 수한의 스승인 정도출이 그 뒤를 잇고, 이제 수한이 그 뒤를 이으려고 한다. 하지만 1920년대는 옛것이 새것으로 뒤바뀌고 사람들의 의식과 생활양식, 시대 전체가 전환하는 문명의 대전환기였다. 전기수는 낡고 오래된 것이 새로운 문화에 밀려나는 대표적인 사양(斜陽) 산업으로 자리를 잡는다. 전기수의 자리를 이은 직업은 '변사'다. 활동사진, 즉 무성영화가 나오고 사람들은 기회만 닿으면 너도나도 극장으로 몰려갔다. 그러고는 변사가 들려주는 무성영화 이야기에 열광했다. 근대인에게 무성영화란 무엇이었을까?

두 길 넘는 커다란 옥양목 천 위로 말 탄 사람들이 달리고, 먹살잡이도 모자라 총질까지 해 대고, 쇳덩이 철마가 숲을 뚫고 달린다는 활동사진 얘기는 경성 사람이라면 누구에게나 귀에 솔깃한 이야깃거리였다. (21쪽)

이것이 바로 무성영화에 대한 당대적 인상이고 인식이다. 무성영화는 단연 경성 사람들의 호기심을 자극하는 새로운 것, 신기한 것의 집약이었다. 거대한 쇳덩이 철마가 숲을 뚫고 달리는 것은 하늘과 땅이 놀랄 만한 이야기다. 봉건왕조 국가의 신민들이 바로 코앞에서 이 신기한 근대적 산물을 보았으니, 그 충격이 어느 정도였는지 가히 짐작할 만하다. 근대인들에게 무성영화란 새 시대가 문물의 변화와 전환의 시대요, 의식에 충격을 가하고 그것을 전도(顚倒)하는 시대라는 걸 체감하게 만드는 매체였다.

수한은 전기수의 재능을 타고난 아이다. 당대 최고의 변사라 꼽히는 최한기는 수한의 재능을 눈여겨보고 후계자로 키우려는 욕망을 품는다.

"세월이 바뀌고 세상도 달라졌으니, 사람들이 원하는 것도 달라지게 마련이지. 왜 극장 앞에 사람들이 줄을 서겠나? 이유 따위는 없어. 그게 원하는 거니까. 그러니 사람들이 원하는 이야기를 들려주는 것도 진짜 이야기꾼이 지녀야 할 덕목이지. 안 그런가?" (116~117쪽)

이렇게 말하는 한기의 논리에 일리가 없는 것은 아니다. 시대가 바뀌었으니 사람들이 욕망하고 갈구하는 대상도 자연스럽게 달라진다. 뛰어난 전기수인 도출이 폐병과 가난에 허덕이며 궁상스런 삶을 사는 것도 시대의 흐름에서 낙오했기 때문이 아닌가? 수한은 자신을 장안 최고의 변사로 만들어 주겠다는 한기의 꾐에 흔들리지만 이내 꿋꿋하게 전기수의 길을 가고자 마음먹는다. 수한은 이야기의 진정한 주인은 바로 이야기 자체라는 것을 안다. 그래서 수한은 한사코 변사가 아니라 전기수로 남고자 하는 것이다.

『뽀이들이 온다』에서 전기수 도출과 변사 한기는 오래된 것, 낡은 시대와 새로운 것, 새로운 시대의 대립 구도를 상징한다. 그 아래에 꿋꿋하게 전기수의 길을 가고자 하는 수한과 전기수를 그만두고 변사가 되고자 열망하는 동진의 갈등이 놓여 있다.

"두고 보라고. 책보다 영화가 대세인 세상이 될 테니까. 전기수는 지는 해고, 변사는 뜨는 해야." (21쪽)

동진의 말 속에는 시대의 새로운 흐름을 타고 나가려는 욕망이 엿보인다. 하지만 스승인 도출의 생각은 다르다.

도출은 "이야기의 주인은 이야기를 하는 전기수도 듣는 손님도 아니다."라고 말한다. 그렇다면 이야기의 주인은 누구인가? 그 물음에 도출은 "이야기의 진짜 주인은 이야기다."라고 말한다.

"그러니 이야기꾼은 사람이나 돈을 좇지 말고 주인인 이야기를 좇아야 한다. 무엇을 얻기 위해서가 아니라 무엇이 되는 이야기를 해야 하는 게 진짜 전기수다." (40쪽)

도출이 말하는 전기수는 전통적인 예술가의 모습이다. 전기수는 단순한 밥벌이의 수단이 아니다. 이야기는 이야기 자체로 생명의 맥동을 지닌 그 무엇이고, 진정한 이야기꾼은 그것을 온전하게 지키는 사람이다. 이야기꾼이 돈이나 인기를 좇으면 그 이야기꾼의 이야기는 그 생명과 가치를 잃는다.

3. 이야기에 대한 이야기, 『뽀이들이 온다』

『천일야화』 속의 이야기꾼 셰에라자드는 제 수명을 하루하루 연장시키기 위해 필사적으로 이야기를 짜낸다. 그는 전기수라는 자신의 운명을 불가피하게 받아들인 인물이다. 셰에라자드는 『안나 카레니나』를 쓴 톨스토이나, 『카라마조프의 형제들』을 쓴 도스토옙스키 같은 작가들의 전신(前身)이나 다름없다.

과거의 이야기가 담(談)과 전(傳)의 형태로 구전되었다면, 현대에 그것은 기법과 매체의 다양성을 품고 소설, 드라마, 판타지, 갖가지 장르의 영화로 갈라진다. 우리는 염상섭, 김유정, 박태원, 최인훈, 이청준, 김훈, 성석제, 김영하와 같은 소설가들, 김수현이나 노희경 같은 드라마 작가, 홍상수, 박찬욱, 봉준호와 같은 영화감독들에게서 이야기꾼의 운명을 희미한 흔적으로나마 만날 수 있다.

그렇다면 우리는 『뽀이들이 온다』를 어떻게 읽어야 할까? 이것은 일본 제국주의의 식민지 지배가 행해지고, 옛것은 덧없이 사라지고 새것이 득세하면서 시대의 퇴물로 낙인찍혀 사라지는 전기수들에 대한 '복고주의적 멜랑콜리'를 자극하는 이야기일까? 아니면, 문명이 전환기의 몸살을 앓던 새 시대의 초입에서 진로와 미래를 진지하게 고민하며 제 삶의 좌표를 찾아 나가는 한 소년의 이야기일까?

아마 둘 다일 수도 있고, 그 어느 것도 아닐 수도 있다. 중요한 것은, 『뽀이들이 온다』가 이야기의 이야기, 이야기가 품은 본질과 비밀에 관한 이야기, 이야기의 운명에 제 운명을 포개려는 자의 이야기이라는 점이다. 이것이 초점 화자인 수한의 이야기이자 동시에 도출의 이야기로 읽히는 까닭이다. 스승 도출이 죽기 직전에 남긴 말을 들어 보자.

"사시사철 바람과 햇빛이 다르듯, 사는 때마다 사는 곳마다 이야기도 다 다른 법이다. 글자가 없을 때는 이야기가 순전히 입에서 입으로 전해졌고, 이백 년 전 조선에서는 소설이라는 책으로 전해졌고, 지금은 무성영화가 대세지. 그러나 변하지 않는 건 그게 모두 이야기라는 것이야." (199~200쪽)

이야기는 시대가 달라져도 변하지 않는다! 전기수는 사라질지 모르지만 이야기는 사라지지 않는다. 도출은 세상이 변해도 이야기는 불멸하는 것임을 꿰뚫는다.

『뽀이들이 온다』가 우리에게 던지는 또 하나의 메시지는 이야기의 경이로움에 대한 것이다. 세상 모든 이야기는 꿈, 공포, 신기함, 희망, 슬픔으로 활짝 피어나 사람의 감정을 화창하게 만들고, 크고 작은 신비를 불러일으킨다. 전기수가 들려주는 이야기에 침을 삼키며 귀를 기울이는 교동의 안방마님들이나 광통교 밑에 모인 사람들에서 알 수 있듯, 이야기에

탐닉하는 자들은 작품 속 등장인물들의 감정을 제 것으로 취한 뒤 자기만의 경험과 상상력을 여기에 뒤섞고 발효시키며 자신이 특별한 존재라는 느낌을 받는다. 이에 대해 한 시인은 이렇게 표현했다.

우리는 경이감 속에서 살고, 열정과 염려의 순환 속에서 타오른다. -캐럴린 키저(Carolyn Kizer)

사람은 이야기를 지어내는 존재인 동시에 이야기 속에 살아가는 존재다. 이야기를 짓고 품고 소비하는 서사적 인간이라는 뜻이다. 이야기는 우리가 살고 있는 한 겹의 삶을 여러 겹의 삶으로 누릴 수 있게 한다.

따라서 불멸의 이야기는 불사(不死)에의 욕망에 대한 응답이다. 이야기를 따라가면 이야기는 우리를 망각에서 기억으로, 슬픔에서 기쁨으로, 밋밋함에서 경이로움으로 불끈 들어 올린다. 이야기는 사람과 물건과 장소에 오묘하고 신비한 광휘를 드리운다.

어른들은 이야기를 좋아하면 가난하게 산다고 어린 나를 윽박지르곤 했다. 이제는 그 말이 겁나지 않는다. 이야기가 삶을 풍요롭게 만든다는 것을 잘 알기 때문이다. 누가 내게 이야기를 다오, 나는 기꺼이 그 이야기의 세계로 망명하리라.

뿌이들이 온다

2013년 3월 30일 1판 1쇄
2018년 5월 11일 1판 6쇄

지은이 윤혜숙

편집 김태희, 김태형, 이혜재 | **디자인** 권지연
제작 박흥기 | **마케팅** 이병규, 양현범, 이장열

출력 블루엔 | **인쇄** 천일문화사 | **제책** 정문바인텍

펴낸이 강맑실
펴낸곳 (주)사계절출판사 | **등록** 제406-2003-034호
주소 (우)10881 경기도 파주시 회동길 252
전화 031)955-8588, 8558 | **전송** 마케팅부 031)955-8595 편집부 031)955-8596
홈페이지 www.sakyejul.co.kr | **전자우편** skj@sakyejul.co.kr
블로그 skjmail.blog.me | **페이스북** facebook.com/sakyejul | **트위터** twitter.com/sakyejul

ⓒ 윤혜숙 2013

ISBN 978-89-5828-666-0 44810
ISBN 978-89-5828-473-4 (세트)

이 도서의 국립중앙도서관 출판시도서목록(CIP)은 e-CIP 홈페이지(http://www.nl.go.kr/cip.php)에서
이용하실 수 있습니다.(CIP제어번호: CIP2013002459)